7

探偵はもう、死んでいる。

二語十 [ill]うみぼうず

「うん、やっぱり
無理してでも
登った甲斐はあったね」

シエスタは髪の毛を
耳にかけながら、
眺望に目を細める。

「なんか、
おぶってもらったの
今になって恥ずかしく
なってきた……」
そして渚も、
もぞもぞ呟きながら
シエスタの隣に並ぶ。

シャーロット・有坂・アンダーソン
Charlotte Arisaka Anderson
「なんのことかしら。
ワタシはただ、アナタたちの腕が
鈍ってないか試してあげただけよ」

Yui Saikawa
斎川唯
「久しぶりに君塚さんに会うので、
一番の勝負服はなにかなと考えたら
これになりました。どうです？」

Reloaded
リローデッド
Mia Whitlock
ミア・ウィットロック

Siesta
シエスタ

Nagisa Natsunagi
夏凪渚

とある青年の年譜

〜11年4月	来歴不明、数々の施設を転々としながら暮らす
5月	ダニー・ブライアントによる保護を受ける
〜13年4月	なんでも屋としての仕事を手伝いながらアパートで暮らす
5月	ダニー・ブライアントと死別
〜14年4月	中学生としての日常を送る
5月	白銀月華と出会う、ダニー・ブライアントの死の真相を探る
6月	シエスタと出会う、地上一万メートルで 《人造人間》コウモリと戦う
〜17年5月	シエスタと世界放浪の旅、《SPES》と戦う日々 ヘルとの遭遇、アリシア（夏凪渚）との出会い
6月	シエスタと死別
〜18年5月	高校生としての日常を送る
6月	夏凪渚と出会う、彼女の心臓の秘密を探る 斎川唯と出会う、再び《SPES》と相見える
7月	シャーロットと再会、《人造人間》カメレオンと戦う 「シエスタの死の真相」「夏凪渚の過去」 「《調律者》の存在」などを知る
8月	スカーレットと遭遇、加瀬風靡との対立と和解 ミア・ウィットロックとの出会い、コウモリの死 夏凪渚の心臓がシエスタのもとに戻り、生死が入れ替わる ヘルらと共に《SPES》の親玉《原初の種》を倒す
9月	夏凪渚が目覚め、シエスタは眠りに就く
〜19年12月	《大災厄》

探偵はもう、死んでいる。7

二語十

MF文庫J

Contents

口絵・本文イラスト●うみぼうず

【プロローグ】

「お客様の中に、探偵の方はいらっしゃいませんか？」

俺の目も眩むような冒険譚はかつて、そんな空耳を疑う言葉から始まった。
それはおおよそ、上空一万メートルを飛ぶ旅客機の中で聞かれる台詞ではない。
普通こういったシチュエーションで求められる人材は、医者や看護師だろう。
それがまさか探偵とは。これも俺が生まれながらにして持つ《巻き込まれ体質》のせいだろうか……と、当時は思った。

「理不尽だ」

飛行機の座席でいつものため息をつきながら。
だが普通ではないのはむしろここからだった。

「はい、私は探偵です」

俺の右隣にはまさしくその探偵を名乗る少女がいたのだ。
青い瞳に白銀色のショートカット。軍服を模したワンピースを翻して、マスケット銃を振り回す。彼女が現れた時にはもう、事件は終わっている。

十全十美の名探偵。

コードネームを、シエスタ。

彼女の願いはすべての依頼人の利益を叶える（かな）こと。

そんなシエスタからなぜか助手に任命されてしまった俺は、《世界の敵》を倒すべく彼女と共に三年にも及ぶ旅に出て——やがて、死に別れた。

当時《SPES》（スペース）という名の組織と戦っていた俺たちは、敵の幹部であるヘルという少女に敗北し、シエスタは彼女に心臓を奪われたのだ。

そうして俺の冒険譚（ぼうけんたん）は幕を閉じた。そのはずだった。


「あんたが名探偵？」


それから一年後、俺のもとにある依頼人の少女が現れた。

赤い瞳に濡羽色（ぬればいろ）のロングヘアー。赤いリボンがトレードマークの女子高生は、滾る（たぎ）ような激情をもってぬるま湯に浸っていた俺を目覚めさせた。

依頼人にして探偵代行。

その名は、夏凪渚（なつなぎなぎさ）。

少女の願いは自分の命の恩人を探し出すこと。

そんな彼女に手を引かれ、再び非日常に身を投じた俺はやがて一つの願いを掲げることになる——いつか、シエスタを取り戻す。

しかし死者を生き返らせるというその禁忌は、俺たちに大きな代償を求めた。夏凪は文字通り自らの命を賭け、シエスタに心臓を取り戻させることになったのだ。

だがそうして最後の敵である《原初の種(シード)》をも倒し、今度こそ俺たちは望んだハッピーエンドを勝ち取った。……そう思った。

誤算はたった一つ、シエスタの心臓に巣喰(すく)う《種》だった。

それが体内に残っている限りシエスタはいつか身体(からだ)のコントロールを失い、怪物に堕(お)ちてしまう。ただ、唯一の対症療法としてシエスタが眠り続ける限り、《種》の成長を抑えることができると分かった。

俺は、すべてを諦め自ら姿を消そうとしていたシエスタと対立しながらも、最後は仲間たちの協力を得て、彼女を長い昼寝に就かせたのだった。

そうしてあの日、名探偵は眠り姫となった。幸せな紅茶の香りに包まれて。

それが俺たちの冒険譚の一つの区切り。

だが、やはりエピローグにはまだ早い。

いつかシエスタを目覚めさせるため、俺は同じ願いを持つ仲間と共に旅に出た。

「わたしはいつまでも君彦さんの右腕ですし、左眼にもなりますよ」

「ワタシはキミヅカの敵。アナタが間違えた時は引っぱたいてあげる」

「大丈夫、君塚とあたしたちの願いは全部叶えるよ」

「ああ、仲間を助けに旅に出よう」

そして一年以上に及ぶ目も眩むような冒険劇を繰り広げた俺たちは、後に《大災厄》と呼ばれるようになったあの最悪の危機をも乗り越え——


やがて、奇跡を起こした。


今はそれから更に一年、すべての始まりからは七年。

二十歳、大人になった俺——君塚君彦は、日常という名の後日談に足の先から頭のてっぺんまで浸りきっている。

それでいいのかって？

いいさ、誰に迷惑をかけるわけでもない。

だって、そうだろ？

探偵はもう——

【第一章】

◆ミステリの冒頭はラブシーンから始めろ

「見て見て！　なんかお風呂光ってるんだけど！」

風呂場の方から一人の少女の声が響いてくる。

しかしこのホテルがどういう施設であるかを考えれば、風呂がオーロラのように輝こうが泡が吹き出してこようが別に不思議ではない。

「ねえ、こっち来ないの？」

俺が返事もせずに一人ダブルサイズのベッドに座っていると、先ほどの少女の催促する声が投げかけられる。

やれ、なにを誘っているのか。俺はその少女……いや、今はもう女性と呼ぶべき年齢になった彼女にこう返答する。

「今日は遊びに来たわけじゃないぞ。渚（なぎさ）」

すると風呂場からひょっこり顔を覗（のぞ）かせた彼女は、なぜか薄（うっす）ら微笑（ほほえ）みながら俺の方に近づいてくる。

「遊びじゃないってことは、本気ってこと？」

間接照明が灯る部屋。

ベッドの上、俺の隣にちょこんと座った彼女は悪戯な笑みを浮かべて俺を見上げる。

「年明け早々、こんなところにいるってことは……さ？」

女子高生だった時よりも似合うようになった化粧は、彼女のはっきりした目鼻立ちをさらに魅力的に見せ、赤いルージュの唇は手持ち無沙汰の俺に甘言を囁く。

出会った頃より、大人になった。

当たり前だ。放課後の教室で彼女に胸ぐらを掴まれた日から二年あまり。俺も渚もとっくに成人を迎え、お互いもう少年少女ではなくなっていた。

「そうだ。指、口の中に入れてあげよっか」

渚がそっと俺をベッドに押し倒す。

「好きだったでしょ、君彦」

俺たちが互いを下の名前で呼ぶようになったのはいつの頃からだったか。そんなことをいちいち覚えていられないほどに俺たちは沢山の会話も経験も積み重ねてきた。

「女の子の唾液で全身びしゃびしゃになるのが性癖なんだもんね？」

「噂に尾ひれどころか背骨が生えてるな」

そもそもきっかけは昔、放課後の教室でお前が俺の喉に指を突き刺してきた件からだ。

「でもほら、一刺し指っていうぐらいだし」

「一思いに刺すな、人を指差すと書いて人差し指だ」

相変わらずのやり取りに俺は軽くため息をつく。

「睫毛（まつげ）、長いね」

渚の顔が不意にぐっと近づく。香水の匂いは嗅ぎ慣れたシトラスの香り。心落ち着かせるその匂いは、渚の本当は繊細な感情をよく表しているかのようだった。

「君彦」

体つきも随分と大人になった彼女が、すぐ目の前にいる。

「渚」

互いの顔の、いや、唇の距離はどんどん近くなる。

渚の目が閉じられた。そうして——

「いや、俺たちは仕事をしに来てるんだよ」

ぱちっと目を見開いた俺は渚をベッドに放り投げ、インカムから聞こえてくる隣の部屋の物音に耳をそばだてる。

「……いや、分かってたけどさ？　あたしも途中からそういうノリだと分かってやってたところはあるけどさ？　だとしても女の子をベッドに投げ捨てる、普通？」

渚がボソボソとなにか呟（つぶや）いているが、それよりも。

「やっぱりクロだな、これは」

俺は、いまだ不満げな渚にインカムを手渡す。渋々受け取る渚。そこから流れてくる隣の部屋の音の正体は。

「あー、これは……うん。間違いないね」

渚は気まずげに視線を逸らす。ここがどういうホテルであるかを踏まえれば、隣室でなにが行われているかをわざわざ言うまでもあるまい。

「えっ？　あ、そんなことまでするんだ。ん、そこにそれを？　あー……」

「図らずも現代の盗聴器の性能が示されたな」

その盗聴器は俺たちが事前にターゲットの鞄に仕込んでいたものだ。この音声を手に入れたことで今、確実な証拠を得た。

「依頼人の男性には気の毒だが、報告しないとな」

俺はスマートフォンを取り出し、とある不貞調査に関する報告をまとめる。

それは俺たちが昨年末、妻の浮気を疑っているというサラリーマンの男性から受けていた依頼だった。その依頼人の妻は芸能界で活躍するトップモデルであり、数ヶ月前に極秘結婚をしたらしい。ところが。

「自慢だった美人モデルの奥さんが、実は同業者の男と浮気か。辛いなあ」

渚はそう言いながらバツが悪そうに嘆息する。今、隣の部屋にいるのはその二人だ。

「しかも依頼人は、言っちゃ悪いが冴えない感じのサラリーマン。モデルの男に奥さんを取られたって気持ちは人一倍強いかもな」

「浮気相手の男の人、めちゃくちゃイケメンだったもんね」

「ああ。ところで渚、もうインカム外していいぞ」

「……な、なんのこと?」

いつまでも興奮しているところ悪いが渚からインカムを回収し、早速俺は依頼人へ調査結果のメールを送った。

「でも普通のサラリーマンが、どうやってモデルの女性を口説き落とせたんだろうね」

確かにそれは気になるところではある。しかも結婚して数ヶ月で浮気をされている現状というのも、なんとも。

「けど、一旦これで解決ってことだよね」

やっぱり後味は悪いけど、と言いながら渚は髪の毛を耳にかける。

「そうだな。一応、調査対象(マルタイ)が部屋を出るまでは待機しとくか」

二時間ぐらいかと見積もって腕時計を見る。晩飯の時間帯までには帰れるだろう。

「そっか。じゃあその間あたしたち、なにして待ってる?」

と、渚がいわゆる女の子座りをしながら俺に訊(き)いてくる。

上目遣いで見てくる彼女に、つい俺の視線も下がる。ボディラインの目立つタートルネックを着た渚は、高校生の時よりもやはり色んな意味で大人になっていた。

「あたし、本当は君彦がそんなに鈍感じゃないって知ってるからね？」

暖房が効いた部屋は少し暑く、渚の頬も上気している。

「……まあ、いくら誤魔化しても解決しないことはあるか」

そうして俺はこの二時間というまとまった時間の有効的な活用方法を考え、ガサゴソと鞄からあるものを取り出した。

「大学の冬期課題、なに一つ終わってないんだ。手伝ってくれ」

同じゼミに優秀な友人がいて助かった。

このままじゃいよいよ留年しかねない俺は、肩を回しパソコンを開いた。

「一生留年すればいいのに」

渚のこのふくれっ面だけは大人になっても変わらない。


それから約二時間後。

予定通り、隣の部屋に動きがある。

「よし。渚、追いかけるぞ」

「まず『ありがとう』は？」

渚の尽力により完成したレポートを保存し、俺たちは荷物をまとめてマルタイの動きを追う。部屋を出て、二人がエレベーターに乗り込んだのを確認すると、俺たちは階段を使

って駆け下りる。低層階で助かった。

「いた、あのコートの二人」

ホテルを出た先、陽の暮れかけた薄暗い路地。

渚が指差す先には、外套に身を包み仲睦まじく腕を組んだ二人の姿があった。この密会が誰かに見られていることなど、想像もしていないだろう。

「どうする、まだ追うか？」

俺は渚に判断を仰ぐ。

すでに浮気の決定的証拠は押さえた。これ以上の尾行はあまり意味をなさないようにも思えるが……と、考えあぐねていたその時だった。

五十メートルほど先、マルタイの女性の短い悲鳴が響く。

なにが起こったのか、起ころうとしているのか。

駆け出した俺たちの目に映ったのは、路地裏から飛び出してきた一人の男。手には刃物のようなものが握られている。そしてその男は叫んだ——この裏切り者、と。

「っ、依頼人の男か」

遠くでマルタイの女性を不倫相手が抱きしめるように守る。刃物男は一瞬躊躇うような素振りを見せたものの、しかし再び絶叫して握りしめた得物を大きく振り上げた。

俺と渚はその現場に走り寄るも、この距離は間に合わない。そして刃物は、男性の背中目がけて振り下ろされる。

「ああ、またか」

俺はこの期に及んで自分の至らなさに、あるいは、またしても彼女に後れを取っていたことにため息をつく。そしてそれは今隣にいる渚とて、恐らく同じ気持ちのはずだった。

俺たちはやれやれと足を止めてそれでもホッと胸を撫で下ろし、顔を見合わせる。

それでいいのかって？

いいさ、事件はすでに終わっている。

「はい、残念でした。刃物を捨てて投降して」

どこからともなく現れた白い影が、刃物男を組み伏せる。

今日もまた、すべての準備を事前に整え、余った時間にはうっかり昼寝をかましていたであろう名探偵が、美味しいところを見事に持って行く。

「助手、ぼーっと突っ立ってないで早く警察に電話を」

昔と変わらないシックなワンピース姿。

でもその容姿はやはり初めて会った時より大人になった。

頭脳明晰、才色兼備、十全十美の、非の打ち所のない名探偵。

そんな彼女に対して俺は、相も変わらず皮肉交じりにこう言うしかないのだ。

「もう少し早く助けに来られないか、シエスタ」

◆探偵と助手、そして所長

雑居ビルの二階に構えた探偵事務所。

「それで、結局のところ今回はどういうからくりだったんだ？」

年季の入ったソファに背を沈め、届いたばかりのデリバリーピザを開封しながら俺はシエスタにそう尋ねる。

ホテルの近くで起きた先ほどの騒動。刃物男を無事に警察に引き渡し、すっかり陽が沈んだ頃にようやく俺たちはいつもの場所に帰って来られた。だが、俺はまだ事の真相を完全に理解できたわけではなかった。

「あ、私はエビがいっぱい載ってるところがいい」

すると事務所の奥、定位置に座っていたシエスタはパソコンのキーボードを叩く手を止める。そしてまるで花に吸い寄せられる蝶のように、できたてピザのもとへやって来た。

「シエスタ、俺の話聞いてるか？」

「私はいつだって君の心の声を聞いているよ。むしゃむしゃ」

「もっと可愛い擬音語で食べてくれ」

対面に座ってピザを頬張るシエスタを見て、俺は真顔で突っ込む。

「不貞が明らかになったことで、依頼人が逆上して奥さんたちを襲おうとした……っていうわけじゃないの？」

次にそう質問をしたのは渚だった。炭酸飲料の入ったグラスを三つ持って来て、俺たちの前のテーブルに置く。

「うん、そもそも一つ前提条件が違っていてね」

すると一枚ピザを食べ終えたシエスタは、ようやく俺と渚の質問に答える。

「あの刃物男……つまり今回の依頼人と、あのモデルの女性は夫婦じゃなかったんだよ」

その予想外な発言に、俺と渚は顔を見合わせる。

「依頼人の正体は、あの女性モデルのストーカー。だけど彼女に本物のパートナーがいることに勘づいて、探偵を使ってその真偽を突き止めようとしていたというわけ」

……なるほど。であれば俺たちは、危うくストーカー男の犯罪の手助けをするところだったわけだ。

「だとすると一週間前、依頼人が夫婦の証明として持ってきたあの戸籍謄本は？」

「偽造だろうね。そういう裏稼業を引き受ける輩もいるから」

「じゃあシエスタはその時点で依頼人の嘘に勘づいていたと？」

「書類自体に不審な点はすぐには見つからなかったんだけど、それより彼が話していた奥さんの情報がなんだか不自然でね」

シエスタがそう言うと渚が「不自然？」と訊きながら横に座る。

「うん。なんというか、まるでネットに書かれているプロフィールを丸暗記してるかのような不自然さというか。奥さんについて詳しいようでその実、中身がなかったんだよ」

シエスタは炭酸飲料をぐびぐび飲みながらこう補足する。

「たとえば私は助手がよく言う寝言を知っているし、目玉焼きが醤油派であることも分かっているし、粉薬を飲む時よく顔を顰めている姿も見ているし、助手のことはなんでも知っているんだけど」

「え、マウント？」

「そういう、一緒に生活をしたことがないと分からないようなパートナーの情報を、依頼人はなにも知らなかったんだよ」

そうか。依頼人……いや犯人は、データ上だけで彼女を知った気になっていたのだろう。そしていつの間にか、自分だけが彼女を理解してあげられるだとか、そういう思考になっていったのかもしれない。

「そっか。いや、あたしもなんとなく違和感はあったんだよね」

事の真相を知った今、改めて渚は納得したように頷く。

確かに渚はホテルの部屋でも、今回の件について不思議そうにしていた。

「うーん。もっと頑張らなきゃなあ。せっかく大学でも勉強してるんだし」

渚はそう自分に言い聞かせるように頬をぴしゃりと叩く。

彼女の大学での専攻は、俺と同じ心理学。渚曰く、事件には必ず動機がある。そしてそこには人の心がある。だから探偵として自分が成長するためには、人間の心理をもっと学ぶ必要があるのだといつも彼女は言っていた。

「けどそう考えると、俺だけなにも勘づいてなかったのか」

やれ、シエスタも気付いていることがあるなら教えてくれてもいいだろうに。

「敵を騙すならまずは身内からと言うでしょ？」

「理不尽だ、と言いたいところだがなにか意図でもあるのか？」

「チーム全員が同じ立場だと、不測の事態に対処ができないからね。たとえば飛行機のフライトでは、機長と副操縦士は万が一の食中毒を避けるために違う食事を取るでしょ？　そういうリスク管理も含めて、私たちのスタンスはむしろバラバラであった方がいい」

「基本的な目的意識は同じでも、各々の視点やできることをあえてずらしておくのは時に有効ってことか」

そういえばと思い返すまでもなく、俺たちは昔からそういう方針でやってきた。

「実は少し前にこんなのも見つけていてね。いわゆる裏アカウントだけど」

そう言ってシエスタが見せてきたスマートフォンには、誰かのSNSの画面が映し出されている。

「これって、あのモデルのアカウント？」

渚がそれに気付く。そのSNSのポストの中には、誰かに最近つけられている気がするという旨の記述があった。あの女性はストーカーの存在に勘づいていたのだろう。

「どうやってこういう匿名のアカウントを見つけてくるんだ？」

「昔、君のアカウントを特定した時に使った方法を応用しただけだよ」

「俺はお前にアカウントを特定された過去があったのか」

しかも種明かしをするつもりもないらしい。最悪だ。

「……まあ、過去のことは一旦さておき。お前は彼女がストーカー被害に遭っている可能性を踏まえて、今日も現場にいたんだな」

「まだ仮説に過ぎなかったけどね。本当に依頼人とあのモデルが極秘結婚していた可能性を完全に捨て切れたわけじゃなかった」

だがシエスタがあらゆる可能性を見越していたからこそ、最悪の事態は免れたわけだ。

「昔だったらもう少しスマートに解決もできていたんだけどね」

シエスタは遠い日々を思い出すように目を細める。

それこそシエスタは昔、《調律者》としてとある特別な手帳を持っていた。あらゆる資格を所有者に与えるそれを使えば、たとえば区役所に問い合わせ、依頼人たちに婚姻関係が本当にあったか否かを簡単に知ることもできただろう。

でも今のシエスタはもう、そういった権限を持っていない。

「今の私はただの《探偵》だから」

そう、今のシエスタは《調律者》でも《名探偵》でもない。

彼女はただの一人の探偵であり、そして。

「ここの所長でもあるだろ？」

俺がそう言うとシエスタは「そうだった」と微笑む。

シエスタが所長で、渚が探偵、そして俺は助手。

――今から約一年前、突如としてこの地球に平和が訪れた。後に《大災厄》と呼ばれることになった一連の《世界の危機》が《名探偵》を始めとする多くの英雄の活躍によって解決し、世界は救われたのだ。

また世界に恒久的な平和が訪れた証拠として《巫女》ミア・ウィットロックの能力――未来視が失われた。つまりは《聖典》に新たな《世界の危機》が刻まれなくなったのだ。

そうして《調律者》というシステム自体も解体されてから、一年。平和になったこの世界で、それでも正義を必要としている人間はまだどこかにいるはずだと、シエスタはそう信じてこの探偵事務所を開いた。そして俺と渚もそれに共感し、大学に通いながらも今日もこうして働いている。

「まあ、君の付けた事務所の名前だけはあんまり気に入ってないんだけど」

ふいにシエスタは、一年も前に決めた事務所の名前にケチをつけてきた。やれ、面倒くさいからと俺に決めさせておいて、相変わらず文句だけは言ってくる。

「いい名前だろ。白銀（しろがね）探偵事務所」

俺はとある恩人の名を借りて、一年前にこの事務所をそう名付けていた。

シエスタはなぜかそれに不服らしいが。

「にしても年始から疲れたな」

俺はぐっと伸びをし、また脱力する。

昨年末に持ち込まれたこの依頼も、年明け二日の今日ようやく解決を迎えた。シエスタが作った探偵事務所に休暇がないことは分かっていたが。

「明日は気晴らしに初詣にでも行こうか」

すると思いがけずシエスタはそんな提案を口にした。そういえば彼女は昔から、仕事と同じぐらい季節のイベントを大事にする人間だった。

「やった、振り袖着るチャンス！」

渚（なぎさ）はガッツポーズをしてシエスタの提案に賛同する。

休みとは言え、シエスタと渚と出掛けることを考えれば、なにかと大変なのは間違いない。今のうちにしっかり食べて英気を養っておこうとピザに齧り付いた、その時だった。

「依頼みたいだね」

シエスタのその声に振り向くと、彼女はなぜか部屋の窓を開けていた。

冷たい夜風が吹き込み、思わず襟を立てる。

それから間もなくして、そいつはバサバサと音を立てて事務所の中に入ってきた。

「ありがとう。貰うね」

そう言ってシエスタは来訪者——一羽の梟が咥えて持ってきた手紙を開く。

「お前は一体どこの魔法使いなんだ」

「君は伝書鳩を知らないの？　千キロだって飛ぶんだよ」

鳩じゃなくて梟だからこそツッコんでいるんだが、今はそれよりも。

「依頼って、誰からだ？」

シエスタの表情からは読み取れない。渚も答えを待つように視線を向ける。それからしばらく手紙に視線を落としていたシエスタは、やがて顔を上げてこう言った。

「一年ぶりに、《連邦政府》がお呼びみたい」

◆《名探偵》代行

　翌日の夕方。俺たち三人が《連邦政府》から呼び出された場所は八百八寺——京の都だった。新幹線に揺られること二時間強。停車駅に降り立つなり、迎えの黒塗りの車が俺たちを合法的に連れ去った。

「まずはお団子とか八ツ橋とか食べたかったのに」

　車内でそう愚痴を吐いたのは渚だった。

　足をばたつかせながら、自分たちに対する処遇を嘆く。

「ああ。ついでに言えば、移動もグリーン車にしてほしかったところだな」

　そして俺も追加で不満を漏らす。

　まあ、これは主に俺たちの雇用主に対する注文なのだが。

「仕事の経費に計上できると決まったわけじゃないからダメだよ」

　するとシエスタは車窓を眺めつつ、経営者目線で語る。

「彼らが私たちの依頼人になるかどうかはまだ分からないからね」

　依頼人——それはあの伝書梟を寄越した《連邦政府》のこと。

　だが手紙には具体的な用件は書かれておらず、ただ俺たち三人に対して、この日時この場所に来るようにとだけ指示が与えられていたのだった。

「やれ、理不尽だな」

ふとその言葉が口をついて出た。

最近はあまり言うこともなくなっていた口癖。だが今俺が……いや、彼女たちが置かれたこの状況に相応しい言葉はそれしかなかった。

今さら《連邦政府》が元《名探偵》になんの用事だ、と。


それから、目的地までは車でおよそ四十分掛かった。

陽が沈みかけた頃、止まった車から降り、運転手を務めていた案内人の男に従って歩いて砂利道を歩いて行くと、やがて巨大な仏閣が眼前に現れた。

「これ、国指定の重要文化財じゃなかった？」

そう呟く渚が目にしているのは、日本史の資料集にも載っているような建物。確か一般人の立ち入りは禁じられていたはずだが、案内人は真っ直ぐ入り口を指差す。中に入れという指示だろう。ふと気付くと、境内にいる鳩たちがこちらに首を向けていた。

靴を脱いで本堂に上がると、固い板張りの床が広がっている。その脇には仮面と白い装束を身につけた従者らが数十人ずらりと立っていた。

「……なんで全員槍なんか持ってるんだよ」

穏やかじゃないその光景に俺は思わず唾を飲む。

「助手、あれ」

シエスタが部屋の奥を指差した。

そこにあるのは薄暗い灯(あかり)に照らされた仏殿。そして鎮座する巨大な仏像を背にして、一人の女が座っていた。他の従者と同じように仮面をつけているものの、十二単(ひとえ)のような着物と長い髪の毛を見る限り女で間違いないだろう。

「《連邦政府》の高官か」

今、脇に控えている従者とは格が違う。いくらここに来るまでに愚痴を吐いていたとはいえ、嫌でも背筋が伸びた。俺たちは渚(なぎさ)を真ん中にして並んでその場に座る。

「此度(こたび)は急なお呼び立てをしてしまい、申し訳ございませんでした」

一瞬、誰が発した言葉なのかが分からなかった。だが少し遅れて、向こうにいる高官の女が頭を床につけていることに気付く。彼女が俺たちに謝っているのか。

「渚、あの高官のこと知ってるか？」

俺は思わず横で正座をしている渚に訊(き)いた。

というのも、どうにも《連邦政府》が俺たちに対してへりくだる姿というのには違和感があったからだ。過去これまで関わってきた高官たちは皆もっと高圧的で、機械的で、人間味がない奴(やつ)らばかりだった。

「ううん、あたしも知らない。多分、シエスタも」

渚を挟んだ一つ隣で正座しているシエスタも、訝しげにその高官を見つめていた。

だがそんなシエスタが先に口を開く。

「それで、一体あなたが私たちになんの用？」

「ええ、まずはこちらをご覧ください」

すると仮面の高官が顔を上げる。

そして次の瞬間、背後の仏殿に色鮮やかな映像が投影された。凹凸のある背景をスクリーンとして、プロジェクションマッピングのような光景が目前に広がる。

だが肝心のその映像は、ともすれば目を覆いたくなるものだった。

「政府高官の、死体？」

俺は思わず声を零す。しかも一体だけではない。首が落ちた複数の仮面の高官の遺体が、次々と３Ｄの映像として仏殿全面に投影されていく。

「実は今、世界各地で《連邦政府》高官だけを狙った殺人事件が起こっています」

……世界を裏から統治する《連邦政府》、その高官のみを標的にした殺人事件。本当にそんなことが起きているのだとすれば、それは。

「新たな《世界の危機》ということ？」

シエスタが代表するようにそう尋ねた。

「でも、待って。もう《世界の危機》はそう簡単に起きないはずじゃなかったの？」

そう割って入ったのは渚だ。彼女の言う通り、この一年地球上に新たな《世界の敵》は出現していない。そしてそれを証明するように、ミアの未来視の能力も一度も働いていなかった。では今現実に起きているこの政府高官殺しは、一体どういう危機に当たるのか。

「我々はこれを《巫女》にも感知できなかった《未知の危機》として問題視しています」

向かいに鎮座する仮面の高官は、そう今回の事態に名を付けた。

「事情はある程度分かった。けど、それでなぜシエスタと渚を呼んだ？」

そう訊きながらも本当は、答えは分かっていた。

「ええ、単刀直入に言います。元《名探偵》であるお二人に、この《未知の危機》の調査を依頼したいのです」

――あり得ない。思わずそう無関係の俺が言いそうになった。

だがこの感情は正当だ。もう《名探偵》としての使命を終えたはずの彼女たちが、なぜ今さら《連邦政府》に駆り出されなければならないのか。

「これをよくご覧ください」

高官の女がそう言うと、映像の一部がぐっと拡大される。そこに映っていたのは。

「――触手の破片です。それもただの触手ではない。あなた方がかつて戦っていた《人造人間》が用いていた武器の、その破片。わたしたちは、その力を今なお悪用する何者かがこの高官殺しを行っているのではないかと考えています」

……確かに今から二年以上前、俺たちは《原初の種（シード）》から生まれた《人造人間》たちと戦っていた。だがそれは多くの犠牲を伴いながらも、終結を迎えたはずだった。

「まだ後始末がついてないと、そう言いたいの？」

渚がそう尋ねる。自分たちの使命はまだ終わっていないのか、と。

「そうは言いません。ただ、事件現場にそういったものが残されていた意味を考えた時に、再び《名探偵》の力を借りたいと、わたしたちがそう考えたことは事実です。つまりは、夏凪（なつなぎ）様とシエスタ様には《連邦憲章》における特例措置として、一時的に《名探偵》の職務を代行してもらいたいのです」

そんな政府高官の発言を受けて、渚とシエスタは互いに顔を見合わせる。思いもしなかった招集の理由と要求内容。だがそれから二人の顔は、なぜか俺の方に向いた。

「なんで君彦（きみひこ）が一番嫌そうな顔してるの？」

「……別にそんなつもりはなかったが」

渚の指摘を否定するも、今度はシエスタが「ほら」と手鏡を見せてくる。

なるほど、いつもの二割増しで目つきが悪い。なぜ俺は今、無自覚にも不機嫌な顔をしていたのか。……いや、その答えも本当は自分で分かっていた。分かっていないフリをしているだけだ。

それでも、今は。

「元々、俺が決められることじゃない。どうするかは二人に任せる」

するとシエスタと渚は頷き、高官の女に向き直った。

「分かった。《名探偵》としての仕事、引き受けてあげる」

「ん、同じく。あくまでも臨時だけどね」

ああ。彼女たちが途中で仕事を投げ出すことはない。分かっていた帰結だった。

「ご協力、感謝いたします。では早速こちらを」

すると高官の女が懐から二冊の手帳を取り出した。懐かしい代物だ。それは間違いなくシエスタと渚を再び《調律者》に戻すための証だった。

「俺が取ってくる」

立ち上がろうとした二人を制して、代わりに俺が腰を上げる。

俺は二人の選択を尊重する。彼女たちの仕事を、感情を無下にはできない。

それでも一つだけ、どうしても納得のいかないことがあった。

「探偵はいつだって命を賭けて戦ってるんだ。あんたらも誠意は見せろ」

逃げるんじゃない。素顔を見せず、仮面越しに彼女たちに命令を下すだけなんて、そんなことは許さない。俺は政府高官のもとに歩み寄り、その仮面に手を伸ばした。

だがその瞬間、そばに控えていた仮面の従者たちが一斉に槍を構え俺に向けた。

「構いません」

しかしそれを一声で制したのもまた、仮面を被った高官自身だった。

「こちらこそ、礼を失していたことを謝罪します」

そして彼女は自らその仮面を外し、素顔を晒す。

「ではこれよりは素顔で。もう少しだけお話がございます」

肩に零れ落ちるグレーの長髪。

無表情でありながら、俺をまっすぐに見上げるモスグリーンの瞳には高潔さが滲む。

そこにいたのは、まだ少しあどけなさの残る一人の美しい少女だった。

◆平和を告げる使者の名は

「重ね重ね、大変失礼いたしました」

先ほどの仮面を取った高官の少女が、俺のすぐ目の前で頭を下げる。

あれから俺たちは場所を移動し、本堂の隣にある茶室のような畳の部屋にいた。

「遅くなりましたがこちら、どうぞお召し上がりください」

そして少女は俺に向かってお茶と菓子を差し出してくる。団子と八ツ橋。迎えの車での

会話を伝え聞いたのだろうか。これを食べたいと言っていたのは渚なんだが……。

「申し訳ありません。渚様とシエスタ様には、色々と手順を踏んでいただく必要がございまして」

今、この和室にいるのは俺と高官の少女だけ。渚とシエスタは《調律者》としての権限を一時的に得るための手続きを別室で行っていた。仕方なく俺は一人で団子を口に運びつつ、改めて高官の少女をじっくり見る。

仮面を外した彼女は着物のような装束は身に纏ったままで、まるで雛人形のようにちょこんと床に座っている。顔立ちは欧州のそれに近く、まだあどけなさは残るもののハッキリ美人だと分かる。《連邦政府》高官の素顔を見たのはこれが初めてだ。そして今になって改めて分かる。あの仮面の下には、ちゃんと血の通った人間がいたのだ。

「……着物も」

すると、ずっと無表情だった少女はわずかに瞳を揺らしてこう口にする。

「仮面だけでなく着物も、脱いだ方がよろしいのでしょうか」

どうやら俺の視線の意味を勘違いしたらしい。想像力が豊か過ぎるな。

「先ほども、誠意を見せろと仰っていたので」

「そういう意味で誠意を見せろと言っていたとしたら、俺人間として終わってるだろ」

「すみません、高官ジョークです」

「聞いたことないカテゴリのジョークを飛ばすな」

よく真顔で言えるな、それ。

「コミュニケーションの一環です。君彦様は女性とお戯れになるのがとてもお好きであると、事前の調査で分かっておりましたので」

「誰から聞いたどこの情報だ。せめてお戯れという表現は改めろ」

やれやれ、クールな顔をして中身はこれか。だが自分がボケているという自覚はなさそうだ。真面目で謙虚で気も遣えるが、どこか人とずれている。それがこの、仮面を外した少女に対する第一印象だった。

「名前は？」

毒気を抜かれたというのか。俺は思わず彼女に名を尋ねていた。

「ノエル・ド・ループワイズ」

少女は俺の目をしっかり見ながらそう名乗る。

「高官としてのコードネームは、そのまま《ループワイズ》でございます」

「その年齢で《連邦政府》高官とは、大出世だな」

「ループワイズ家はフランス貴族の末裔でして、世襲制により《連邦政府》高官の座を継ぐ決まりになっているのです」

それからノエルは二、三、彼女自身のことについて語った。

高官になったのは三年前だが、それは次に当主になるはずだった兄が行方不明になったのが理由だったこと。いまだ重要な仕事を担う機会は少ないものの、先に語った例の《未知の危機》もあって今《連邦政府》は人手が不足しており、自分のような新参者も駆り出されていること。それらをノエルは順序立てて説明した。

「事情はなんとなく分かったが……それこそ《未知の危機》の解決に当たるなら、新参のあんたよりも適任はいたんじゃないか？」

たとえば俺たちもかつて関わった高官の一人《アイスドール》。あの老獪(ろうかい)な女はその昔、《名探偵》にも数多くの指令を出していた。

「ええ、実際わたし以外にもすでに動いている高官はおります。ただ彼らには今、もう一つ成し遂げなければならない大きな仕事がありまして」

それを君彦様にお話ししたかったのです、とノエルは加えて言う。そう、彼女は話の続きがあると言って俺をこの部屋に呼んだのだ。

「《聖還の儀》です」

ノエルはそんな聞き慣れない単語を口にする。

「実は二週間後、《大災厄》収束から一年を祝う平和の式典が《連邦政府》主導のもとで行われます。そして世界を救った探偵様とその助手様にも、是非その儀式にご参加いただきたいのです」

ノエルはそう言うと招待状のような手紙を差し出してくる。

なんでもその《聖還の儀》とやらには、元《調律者》の連中や《大災厄》収束に寄与した人物、その他世界の要人などが招かれるらしい。

「開催地はフランスか」

「ええ。遠いところ大変恐縮ですが、ご参加いただけないでしょうか？」

二週間後。冬期休暇は終わっているが、大学を休んで行けないことはないか。

「儀式と言っても、具体的にはなにをするんだ？」

「日本の文化で近いものを挙げるとすれば、御焚上でしょうか？」

俺の問いにノエルはそう答える。

御焚上と言えば、古くなったお守りなどを炎にくべる神道の行事だ。

「此度の《聖還の儀》では、巫女様の編纂していた《聖典》を燃やすことで過去の災厄を浄化し、同時に新たな平和を祈念するのです」

「……なんだか宗教じみてるな。にしても、《聖典》を全部燃やすつもりなのか？」

確か《聖典》の冊数は、数年前ミアに見せてもらった時点で十万冊を超えていた。それらを手順に従って燃やし続けるとなれば、三日三晩かけても終わらない気もするが。

「いえ、すべてというわけではありません。ただ、その中でも《原典》だけは必ず燃やさなければなりません」

突如出てきた《原典》という馴染みのないワードに俺は首をかしげる。

「原初の聖典とも称されるものです。それを持っていることこそが正当な《巫女》であることの証。その本には《巫女》にしか読み取れない言語で《聖典》にまつわるルールが書かれているなどと言われているのですが……真実はわたしにも分かりません」

なるほど。《聖典》は通常《連邦政府》の人間でも目を通せないものと言うが、《原典》はさらにその最たるものなのか。

「そして《原典》にはある特別な力が備わっているらしいのですが……それを燃やすことで《巫女》が神に授かった能力を正式に返還し、以後の世界に災厄が起きない証とするそうです。わたしも受け売りですが」

巫女様は詳しくご存知だと思います、とノエルは補足する。

「じゃあ、ノエル。つまりこの《聖還の儀》を終えれば、ミアを含めて《調律者》は全員、正真正銘お役御免になるってことか？」

「突き詰めるとそういうことになりますね。少なくとも今後《連邦政府》が元《調律者》の皆様に、災厄の収束を要請することはなくなるでしょう。……先ほどは、それと矛盾するような依頼をしてしまい大変申し訳なかったのですが」

つまり《連邦政府》は《調律者》を解放するために《聖還の儀》の開催を予定していたにもかかわらず、そのタイミングで高官殺しという《未知の危機》が発生してしまったわけだ。なんとも間が悪い話だが、その割を食ったのがシエスタと渚（なぎさ）ということらしい。

「話は分かった、あとで二人にも伝えておく」

式典に招待されたのもメインはあくまでも探偵の二人。助手でしかない俺は彼女たちの判断を尊重すべきだ。

——ただ、それでも。

「ノエル、改めて約束してくれないか？」

俺はそう言って、この世界を指揮する政府高官に頭を下げた。

「シエスタと渚が《未知の危機》を解決して、そして《聖還の儀》を無事に終えられたなら、今度こそ二人を完全に《調律者》の使命から解放してほしい」

畳を見つめ、それから目を瞑（つぶ）って、俺は《連邦政府》にそう依頼する。

「ええ、約束いたします」

すぐさま返ってきたその言葉に俺は目を開けた。

「ですが、なぜ君彦（きみひこ）様はそこまでして？」

簡単な話だ。俺は顔を上げてノエルに言う。

「俺の願いは——」

◆千の世界と一つの願い

「ほら助手、置いていくよ」

すっかり陽の落ちた山道。石造りの階段を先導して歩くシエスタが、半身だけ振り返って俺を一瞥する。

政府高官、ノエル・ド・ループワイズとの会談を終えてから約二時間後。探偵たちと合流した俺は今、なぜかひたすら夜のハイキングに勤しんでいた。最近、運動不足だったからか、なかなか足腰に来るものがある。

「そもそもどうしてこんなことになった？」

「だって、初詣に行く約束だったでしょ？」

そう口にしたシエスタは、白を基調とした振り袖を身に纏っていた。白銀色の頭には、いつものヘアピンの代わりに簪がついている。

確かに昨日の夜、俺たちは探偵事務所で初詣の計画を話し合っていた。《連邦政府》からの思わぬ呼び出しによりスケジュールの変更はあったものの、今俺たちは当初の目的を果たすべく千本もの鳥居を潜った先にある社を目指していた。

「ここまで本格的なのは想定してなかったんだけどな」

ただ参拝するだけなら、もっと手前に立派な拝殿もあった。しかし、シエスタは「それじゃつまらないでしょ」と山を登り始めたのだ。冬の寒さもものともせずに、振り袖で。

「私を普通の女にしないでよ」

「普通の女の台詞じゃないな」

シエスタはふっと笑ってまた前を向いて歩き出す。

「にしても結構不気味だな、ここ」

神聖な場所であることは分かっているのだが、無数の鳥居や狐の像がただならぬ空気を醸し出す。昼間であれば、もう少しイメージも違うのだろうが。

「たまに言われるよね。鳥居は、常世と隠世を繋ぐ門なんじゃないかって」

シエスタの口にした二つの言葉「とこよ」と「かくりよ」が、頭ではすぐに漢字に変換されなかった。

「現世とあの世だよ。鳥居の先は、黄泉の国に繋がっているんじゃないかってこと」

「勘弁してくれ。ホラーは苦手なんだ」

……それに。シエスタの口からそういう話はあまり聞きたくなかった。

俺の表情を察したのかシエスタは「ごめん」と苦笑する。

「黄泉の国じゃなくて、ファンタジーな異世界だったかも。鳥居の数だけ、どこか別の世界に繋がってるの」

「絵本の世界みたいだな。子供の頃だったら楽しめたか」

と、そんな会話を交わしていたところ、背後からぺたぺたと足音が近づいてきた。

「ねえ！　置いてかないでって言ってるでしょ！」

振り返るとそこにいたのは半分泣き顔、半分怒り顔の渚だった。彼女の服装も振り袖で、足下は草履。俺がゆっくり目に歩いていても、自然と距離ができてしまっていた。

「もう、赤くなってるし」

どうにか俺たちに追いついた渚は、足の指の付け根をさすりながら嘆息する。

さすがにこのまま歩くのは辛そうか。やれ仕方ないと、俺は自分の背中を渚に差し出した。ここなら人目も気にする必要はない。

「え、おぶってくれるの？」

「三分ぐらいならギリ持つ」

「頼りないヒーローだなあ」

渚は笑いつつも俺の背中に乗った。

伝わる体温と柔らかい感触。俺は渚を背負ったままゆっくりと歩き出す。

「…………」

と、そんな俺たちを見て、なにやら言いたげな表情の人間が一人いた。

「どうした、シエスタ？　進まないのか？」

「……別にいいけどね」

質問とは微妙にずれた回答をして、つんと一人前を向き歩いて行くシエスタ。その背中は少しだけ丸まっているように見えた。

「ああいう可愛さあるよね、シエスタ」

渚が俺の耳元で苦笑する。俺は口には出さず、ほんの少し同意した。

それからも俺たちは休憩を挟みつつ無限に続く鳥居を潜り抜け、やがて遂に目的地に辿り着いた。小さな祠と、ここにも鳥居。それらを月明かりが幻想的に照らす。また開けたその場所からは眼下に街の景色を見渡せた。

「うん、やっぱり無理してでも登った甲斐はあったね」

シエスタは髪の毛を耳にかけながら、眺望に目を細める。

「なんか、おぶってもらったの今になって恥ずかしくなってきた……」

そして渚も、もぞもぞと呟きながらシエスタの隣に並ぶ。

小高い山、星空の下。ライトアップされた鳥居に、振り袖の二人。

俺はその神秘的な景色を少し引いた位置から眺める。

……いや、景色ではない。二人をだ。臨時の立場とは言え《名探偵》の仕事を引き受けて帰ってきた二人の背中を、俺は後ろから見つめていた。

それからしばらくして、無言のままの俺を不思議に思ったのか、渚とシエスタはほぼ同時に振り返った。

「二人とも、《聖還の儀》には参加するんだよな」

俺はなんでもないと首を振る。

ここに来る途中、俺はノエルから聞いていた話を二人にも伝えていた。とは言え彼女たちも《調律者》代行の手続きをしている間にその説明も受けたらしいが。

「うん、舞踏会あるんでしょ？　ドレス着れるの楽しみだな〜」

渚がそう言ったかと思うとシエスタも。

「式典のあとには晩餐会もあるらしいからね。もちろん行くよ」

「参加理由がまったく本題と関係なかった」

当然あくまでもメインイベントはノエルの言っていた通り《原典》を燃やす儀式なのだろうが、舞踏会や晩餐会などゲストを労う催しもあるらしい。《大災厄》収束を祝う式典という意味合いも強いのだろう。

「その前に、《未知の危機》も解決しないといけないけどね」

「うん。これから二週間かあ、忙しくなるね」

シエスタは小さく深呼吸をし、渚はぐっと伸びをする。

平和の達成を意味する《聖還の儀》が二週間後だとすると、その前に脅威となる《未知の危機》を取り除くことができればベストだろう。ノエルには、なにか進捗があれば適宜こちらから連絡をする約束をしている。

ただ、本当に可能なのだろうか。たった二週間で《未知の危機》を解決することが。かつて《名探偵》が挑んだ《世界の危機》はどれも数年間の戦いを余儀なくされ、多くの犠牲も伴った。それに今の探偵は、長らく世界そのものに関わっていない。そのブランクをたった二週間で埋められるのか。

「あの明かりの一軒一軒に人がいるんだよね」

ふと、渚が遠くの景色を見つめながら言った。

「人はみんな生きてたら、辛いことも悲しいことも、もう明日なんて来なくていいって夜に叫びたくなることだって必ずあって……でもあたしは、そういう人に手を差し伸べられる人間になりたい」

自分も昔そんな風に救ってもらえたから、と渚は過去を回想する。

「うん、私たちでやろう。人を救って、街を救って、都市を救って、国を救って、そうやって——いつかまた世界のことも」

そしてシエスタも、さらに先の未来を見つめるようにそう宣言した。

澄んだ空気の冬の夜山。街の灯を見つめる彼女たちのシルエットが、鳥居を照らすライトによってぼんやりと暗闇に浮かび上がる。

「ああ、そうか」

あの時とは違う。昔とは違う。

今はここに二人いる。

大人になった探偵が二人、ここで生きている。——だったら、きっと。

それから俺たちは、遅くなった初詣をする。鳥居の先に設けられた賽銭箱に小銭を入れ、神前で二礼と二拍手。そのまま合掌し、神に祈る。

困り事や祈り事。なんでもいいから助けてほしいと願うこと。昔の願いはたった一つ
──永久の眠りに就いたシエスタを、いつか目覚めさせるということだけだった。

そんな禁忌を叶えるため、俺たちは目も眩むような旅へ出た。多くの代償を払いながらも世界を揺るがした《大災厄》を乗り越えて、奇跡は起きた。眠れる探偵は目を覚まし、俺たちのもとへと帰ってきたのだ。

そうして俺たちは手に入れた。もはや世界が《調律者》を必要とすらしなくなったほどの平和な日々を。俺たちは勝ったはずなのだ。あらゆる世界の危機と理不尽に。だから今の俺になにか願いがあるとしたら、それはたった一つだけ。

『世界を救った探偵が、これからは平穏で幸せな日常を過ごせますように』

ノエルに最後に言ったことを、今度は口には出さずに神に願った。

◆鉄檻の番犬

「お待たせ」

京の都から帰宅した翌日。

駅前で腕時計を見ていた俺の首筋に、カチャ、と銃口が突きつけられた。

というのは誤解で、振り返ると待ち合わせの相手であるシエスタが指で銃のジェスチャーをしていた。臨時で《名探偵》に復職した彼女も、まだ愛用のマスケット銃は手放したままだった。

「見ない格好だな」

これからある用事のために出掛ける予定の俺たちだったが、シエスタはいつものワンピースや昨日の振り袖と打って変わって、私服姿だった。

だぼっとしたジーンズに、上着は柄の入ったブルゾン。さらにキャップを被った姿は、ボーイッシュというのかストリート風というのか。ともかく、いつもとは違う雰囲気のシエスタをつい俺は観察してしまう。

「そんなに女の人を見つめてたら捕まるよ、普通」

白い目で俺を見つめ返すシエスタは、これまた白いため息を零す。

「普通は捕まる、ということは今回に限ってはセーフなのか？」

「見つめる相手が私ならね」

シエスタはさらりとそう言いのけると、つばの付いたキャップを被り直す。

「いつもの服はどうした？」

「今日は、渚とショッピングに行った時に買った服を着たかったから」

「俺その会に呼ばれてないぞ」

「なんで当たり前に女子会に交ざろうとしてるの？」

「二人が仲良さそうでなによりだ」

シエスタと渚、二人の関係は仕事仲間である以上に、無二の友人同士。

かつて悲劇に引き裂かれた二人は、今ようやくあの頃の友達に戻れていた。

「人に選んでもらった服だから、自分では少し違和感あるんだけどね」

シエスタはそう言いながらも嬉しそうに、自分のコーディネートを眺める。

——少し変わったな、と思う。

いつと比べるのが妥当なのかは分からないが、少なくとも初めて出会った頃や共に旅をしていた頃より、シエスタは明らかに柔らかくなった。笑うようになった。

無論かつてのストイックなまでの超然主義こそが、彼女のアイデンティティでもあったのだろうが、俺はシエスタにもっと些末な感情に振り回される人間でいてほしかった。だから今のシエスタこそを、俺は。

「行こうか」

思考の海に落ちていた俺に、白い左手が差し出される。

この手だけは、変わらない。

上空一万メートルにいても、地に足をつけた今の距離感でも。

それから俺とシエスタはタクシーに乗り込み、やがて訪れたのは刑務所だった。

刑務所とはいわゆるあの刑務所だが……なにも俺が犯罪をおかして今からここに収容されるわけではない。今日はここに収監されているある人物に会いに来た。

「にしても、本当に会えるのか？　今のところは驚くほど順調だが」

案内人の刑務官の後ろを歩きながら、俺は隣のシエスタに話しかける。

目的の人物にはこれまでも幾度となく会おうとしてきたのだが、一度も面会の要請が通ったことはなかった。

「うん、これさえあればきっとね」

シエスタが一瞬見せたのは、《調律者》であることを公に示す手帳だった。昨日、《連邦政府》から正式に支給されたものだ。

「……そうか。だとすると一年ぶりだな」

そうして俺たちは階段を下って下って、地下の最奥部にある、完全に密閉された鋼の小部屋に辿り着く。

次いで重いシャッターが鈍い音を立てて横に開き――やがて塀の中にいた人影が姿を現す。そこには、神をも殺す目つきの女が、頬杖をついて座っていた。

面会時間は十五分、刑務官はそう言い残して立ち去った。

それから俺は深呼吸をし、檻の中にいる彼女の名を呼んだ。

「お久しぶりです、風靡さん」

◆それぞれの正義があったから

「よお、久しぶりだな、くそがき。お前も遂に御用になったか」

獲物を狩る獣のような目がギロリと俺に向く。その紅い髪の色は、正義の刃で裁いた咎人の血の色か。そんな彼女には幾つか「元」がつく肩書きがある。

例えば元警察官、そして元《暗殺者》——加瀬風靡。

今は犯罪者としてここに収監されている彼女に、俺とシエスタは会いに来た。

「捕まったわけじゃないですよ、俺は」

いつもご期待に添えずにすみません、と嘘臭く頭を下げる。

すると風靡さんは目を細めた後に口元だけで笑ってみせた。

あの頃とは立場や状況が変わっても、それでも変わっていない彼女がそこにはいた。

「風靡、あなた今はどうしてるの？」

シエスタが風靡さんの生活を尋ねると、「どうしたもなにもないだろ」と彼女は鼻で笑うように一蹴する。

「刑務作業も免除されてるおかげで、身体を鍛えるぐらいしかやることがない」

殺気の正体はそれか。言われてみれば風靡さんの身体は、昔と比べてやつれているというよりも引き締まって見える。服の下の腹筋は、人体の構造を超えた数に割れているのではないだろうか。

「それにしても、そっちを本妻に選んだか」

風靡さんはシエスタを一瞥した後、俺にそう話しかけてくる。

「別にそういうわけじゃ。渚は今、ちょっと別の用事をこなしてるだけです」

「アタシはあの子の名前は出してないが？」

……あまりにも簡単な罠に引っ掛かった。

「それで？　一体なにしにこんな掃き溜めに来た？」

風靡さんは長く伸びた髪の毛を掻き上げながら、俺たちの来訪の目的を尋ねる。

「ああ、実は……」

そうして俺は、昨日ノエルから聞いた《連邦政府》高官殺しの事件について風靡さんに語った。またシエスタも、数枚の紙の資料を鞄から取り出し、檻の隙間から差し出す。それらは今朝になって《連邦政府》から追加で送られて来た、《未知の危機》にまつわる報告書のコピーだった。

「なぜ、この話をお前らがアタシに？」

風靡さんはざっとあらましを理解すると、俺たちを細めた目で鋭く見つめる。

「今回の事件もまたアタシの仕業かとでも思ったか？」

その問いに対して、俺はすぐに答えを返せない。

時間にして十数秒の沈黙が流れた。

「残念ながらと言うべきか、さすがのアタシも塀の中から人は殺せない」

静寂を破ったのは加瀬風靡、当の本人だった。

「かつて同じような事件を起こした人間として、あるいは元警察官として、なにかアタシがヒントをもたらすことを期待したのかもしれないが、当てが外れたな。これじゃあまりに情報が少なすぎる」

──やはり、か。風靡さんは、俺たちの渡した資料を突き返す。実は、その紙には至るところに黒塗りが施されている。そのすべては《連邦政府》による検閲済みの跡だった。

「政府高官が殺された場所も、秘匿事項により明かせないらしくてね」

シエスタは返ってきた資料を捲りながら、小さくため息をつく。

事件の発生場所、発生日時、被害に遭った高官のコードネームなど、あらゆる情報が検閲対象。分かっているのは精々、すでに殺された高官が十三人に上るということだけ。

世界を裏で統べる《連邦政府》が、情報統制を行う意味は理解できる。それでも、シエスタや渚に《名探偵》の職務を代行させてまで《未知の危機》を捜査させるのなら、もう少し協力する姿勢を見せてもいいはずだった。

「まるで、本気で調べさせる気がないみたいだ」

俺は内心、少し腹立たしく感じながら昨日のことを思い出す。ノエルだけは、今までの奴らとは違って話の分かる高官だと思ったのだが。

「力になってやれなくて悪かったな。用はそれだけか？」

風靡さんは気だるげに伸びをすると、奥に引っ込もうとする。

「いや、俺たちがここに来た理由は他にもある」

俺がそう待ったを掛けると、風靡さんはなにか言いたげにしつつもその場に留まる。

「俺はただ、風靡さんに会いたかった」

ずっと心配はしていた。

そう伝えると彼女は、感情の読めない色の瞳でじっと俺を見つめる。

風靡さんが捕まったのはおよそ一年前、あの《大災厄》が収束した直後だった。

世界が恒久的な平和を手にしたことで《連邦政府》は《調律者》というシステムの解体を決めた。一方これまで正義の《暗殺者》としてあらゆる闇に手を染めてきた加瀬風靡は、《調律者》という特権的地位を失った直後、投獄されることが決まった。

罪状は、平たく言えば国家反逆罪。《連邦政府》の高官一人を殺害したという名目だったが、その真相は分かっていない。いずれにせよ上の人間たちは、《暗殺者》加瀬風靡というありあまる正義を危険因子と判断したのだ。

「納得、してるの？」

そう尋ねたのはシエスタだった。

政府の判断に、今自分が収監されていることに、納得をしているのか。

「テロリストは、時代が違えば歴史に名を刻む革命家だ」

よく聞く台詞（せりふ）だろ、と風靡（ふうび）さんはこちらを向く。

「アタシの身に起きたのもそれと同じようなことか、その逆に過ぎない。《暗殺者》としての使命を背負ったその日から、いつかこうなることは覚悟していた」

そう話す風靡さんはどこか吹っ切れたような、晴れ晴れとした表情に見えた。

「これでもアタシの本職は警察官。今この世界が平和で、市民が幸せならそれでいいさ」

本望だ、と。風靡さんはやはり表情を緩める。

「でも風靡さん、前に言ってませんでした？　自分は上に行きたいんだって」

当時それを聞いた時、俺は風靡さんが警察官としてキャリアをのし上がりたいのだろうと思っていた。でも後になって考えると、その言葉の真意は――

「君塚（きみづか）」

風靡さんに名を呼ばれることは滅多（めった）にない。そして彼女は静かに首を振っていた。

「アタシはすでに答えを得た。その答えを得るために、警察官になったんだ。だからもう十分満足している、この平和な世界に」

そういえば、これはいつだったか。以前俺は、風靡さんがなぜ警察官を志したのかを聞いた覚えがある。一年前だったか？　《大災厄》が起きる直前？　……なんだっただろうか。確か、大事な話だったような。

「それにしても、アタシをここにぶちこんだ奴らを今、未知なる敵が殺し回っているのか。なるほど、それは平和で良い世界だな」

すると風靡さんは、あえて悪い顔を見せるようにふっと笑った。

だが彼女は違うと言った。この事件に自分は無関係であると。

俺はそれを信じる。信じるしかなかった。

「なにか騒がしいな」

と、ふいに風靡さんが天井を見上げた。

シエスタもなにかに気付いたようで、耳をそばだてる素振りを見せる。地下牢の上、恐らくは一般の囚人たちが収監されている場所でなにかが起きている？

「相変わらずだな、お前の体質は」

「偶然ですよ、さすがに」

せめてそうであってくれ。俺はシエスタと顔を見合わせ、踵を返す。探偵と助手がいて、事件やトラブルを見過ごすわけにもいかなかった。

「あなたは、間違えてなかった」

すると、シエスタが一瞬立ち止まってそう言った。

「《暗殺者》加瀬風靡の正義だって、間違えてなかった」

シエスタの表情も、それを言われた風靡さんの表情も、俺には見えない。

けれど探偵のその言葉が正しかったことだけは、俺にも分かった。

◆七年ぶりのその背中は

「……なんだ、これは」

地下からの階段を上って扉を開けた瞬間、目の前の光景に思わず足が止まった。

吹き抜け構造の刑務所。その無数の鉄格子の扉が開いており、中から囚人たちが飛び出していた。一階も二階も三階も。キャットウォークのような通路や廊下を、くすんだ色の囚人服を着た男たちが駆けていく。

「助手、隠れるよ」

シエスタに促され、空いた鉄格子の陰から事態を注視する。まず確かなのは、囚人たちは決して看守から逃げているわけではないということ。なぜなら看守もまた、逃げているからだ。

――誰から？　決まっている。

あのムカデのように動く蛇腹剣を振りかざし、暴れ回っている大男からだ。

「どこだ、あいつはどこにいる！」

大男はそう叫びながら、その奇妙な武器を手当たり次第に振り回す。

伸縮自在に蠢く剣は二メートルにも三メートルにも伸び、鉄格子を切り裂き石の壁を破壊する。そのうねるようなフォルムの武器は、まるで。

「――触手」

気付けば俺はそう声を漏らしていた。

「助手、よく見て。違うよ」

するとシエスタが、今はまだ遠い距離にいる敵を指差す。

蛇腹剣は耳から生えているわけでも肩から伸びているわけでもなかった。服の袖で隠れてはいるが、恐らく普通に右手で武器として握っている。

昨日そういう話を《連邦政府》から聞いたばかりだったからか。つい、過去に体験したあの光景と結びつけてしまった。

「だとすると、早速あいつが高官殺しの犯人というわけでもないのか？」

「と、思うけどね。まったくの無関係とも断言はできないけど」

であれば偶然このタイミングで、あんな相手と遭遇したに過ぎないのか……？

「でも、確かにちょうどよかった」

するとシエスタは、どこか弾んだようにも聞こえる声で言う。

「あの時と少し似てる。復帰戦にはちょうどいい」

ふと隣を見ると、気付けばシエスタはいつものワンピースを身に纏っていた。

「せっかくの着替えシーンを雑に済ませるな。俺に断ってから着替えろ」

「久しぶりに君もボケたね。これ以上お笑いの腕が鈍るなら解散しようかと思ってた」

「ビジネスパートナーの意味が広すぎるだろ。……そんなことよりシエスタ、どうやって敵の動きを止める？」

「まずはなによりあの妙な蛇腹剣を封じたいんだけど……」

その先に続く言葉は予想できる。あれを止めるための武器が俺たちにはない。

シエスタが《名探偵》の仕事を代行している今、本当であれば堂々と武器を持つことも許される。しかしここは刑務所。風靡さんとの面会に銃の所持は認められなかった。

「助手、こっちに」

俺たちは少しずつ敵の方に近づきながら戦況を窺う。

相変わらず囚人たちは太い声で叫びながら逃げ惑っている。だが蛇腹剣の男は、その逃げる群衆を必要以上に追うことはしない。

「手当たり次第に攻撃してるわけではないのか」

無差別殺戮ではない以上、犯人には明確な目的があるはずだ。

「とてもいい案が浮かんだ」

と、その時。シエスタがなにか閃いたのか、ぽんと手を打った。

「さすが探偵、頼りになるな。具体的にはどうするんだ？」

「まず君があの蛇腹剣に抱きついて、男の動きを止めるでしょ？　その間に私が近づいて敵のお腹にパンチするの」

「二度と名探偵を名乗るな」

この一年で勘が鈍りすぎだ。

いや、昔も大体こんな感じだったか？

「真面目に考えると、犯人の目的を聞いてあげることが先決かな」

「最初から真面目にしてほしかったが、それには同感だ」

なぜあいつは刑務所に闖入し、あのような武器を振り回しているのか。

だがその答えは直後、本人の口から直接もたらされる。

「オレの妹を殺したあいつは許さない、オレがこの手で死地に送ってやる」

……ああ、それもどこかで聞いた話だ。昔、俺たちが戦った《人造人間》コウモリ。地上一万メートルで、蛇腹状の触手を振り回していたあいつの姿を思い出す。

いずれにせよこの犯人の目的は——復讐。だから無関係の囚人には目もくれず、自身の仇敵だけを探しているのだろう。

だったら、と。シエスタとアイコンタクトを交わした後、俺は看守が逃げる際に落とした制帽を拾って、それを被った。服まで着替えている暇はないが、スーツ姿なら誤魔化せるだろうか。

「君は特徴のない顔をしてるからね。別人に成りすますにはうってつけだよ」

「あとで覚えとけ。懲罰房で二時間くすぐりの刑だ」

そうして看守に成りすました俺は、武器を振り回す大男のもとへ近づく。

やがてそいつは俺に気付くと、こちらの出方を窺うように目を細めた。

俺は軽く息を吸い込み、男にこう告げる。

「お前が探している人物ならここにはいないぞ」

蛇腹剣の動きが一旦、宙で止まった。

だが獲物を探す男の眼光はひたすら俺に注がれる。

「いいや、ここに収監されているはずだ。十年前から変わらずここに」

「ああ、だからあんたは少し遅かったんだ」

俺は水分の飛んだ口でこう答える。

「一ヶ月前、そいつはこの獄中で病死した」

蛇腹男の獣のような目が大きく見開かれる。

「だからもう、あんたの敵はこの世界のどこにも存在しない。その武器で仇を取ることはできないんだ」

無論、でたらめだ。だから口ではそう言いながらも、心の中では蛇腹男がターゲットにしている犯人にこう祈る。頼むからすでに逃げ出していてくれと。せめて自分が犯人だと名乗り出るようなバカな真似はしないでくれと。

そうしてポーカーフェイスを作ったまま俺は審判を待った。

「嘘だな」

数メートル先、蛇腹男の目に昏い光が宿った。

「理屈ではない。仇敵が確かに近くに存在する感覚というのは、特別な能力がなくとも分かるものだ。言葉で騙せるものではない」

次の瞬間、宙で彷徨っていた蛇腹剣の刃先が俺に向かって飛んできた。

「……っ、俺まで敵認定かよ」

しかしその攻撃が俺を捉える寸前、なにかが敵の武器に衝突し軌道がずれた。

「うん、やっぱりあれは《人造人間》なんかじゃなさそう」

シエスタだ。持っていたボールペンを槍のようにして投げ、敵の攻撃を防いだのだ。

「あの蛇腹剣は身体の一部じゃない。ただの物騒な機械仕掛けの武器だね」

「みたいだな。とは言え、だいぶ相手もお怒りのようだが」

敵は俺たちを睨むと、右手で握った武器を鞭のように一気に射出する。

「助手！」

シエスタが俺を抱えてその場で跳ぶ。蛇腹剣は、さっきまで俺たちがいたコンクリートの床を大きく削った。あれに当たればひとたまりもないだろう。

「さっきの、悪くない作戦だったけどね」

「ああ、けど少し安易だった。そう簡単に人間が本懐を諦められるはずもないか」

俺たちは会話を交わしながらも同時に敵の攻撃を避け続ける。

とは言え俺は文字通り、シエスタにおんぶに抱っこだ。大人になって多少成長したとはいっても、こればかりは仕方ない。適材適所というやつだ。

「なんだか少し懐かしいね」

シエスタが囁いた。

「七年前もこうだった」

ああ、そうだな。

初めてシエスタと出会った、地上一万メートルの空の上。

そこで俺はこの世界に強大な敵がいることを知り、同時にその敵と戦う偉大な探偵がいることを知った。だが思えばあの時も俺たちは敵の蛇腹状に動く攻撃に苦戦し、そしてシエスタはやはり今も変わらずこう言うのだ。

「せめて、武器があれば」

だがあいにく七年前と違って、今日は俺にアタッシュケースの準備はなかった。

「けど、さっきのを含めて時間稼ぎは多少できたか」

「うん、もうそこまで来てくれてる」

あるポイントに辿り着き、シエスタは俺を降ろして動きを止める。

そうして再び迫り来る蛇腹剣。だが諦めたわけではない。

探偵はもう、すべての準備を終えてここにいた。

「シエスタ！　受け取って！」

夏凪渚が上の階から投げたマスケット銃が、シエスタの手の中に収まる。

それが今日の彼女の仕事。すべての準備を完了していたのは、この武器を元《黒服》のもとへ受け取りに行っていたもう一人の探偵も同じだった。

「渚、最高の仕事だよ」

そして一発の銃弾がすべてを終わらせる。

その大きな背中は、今また《名探偵》が帰ってきた証のように見えた。

◆この物語を終わらせるためにできること

――翌日。白銀探偵事務所には来客、ノエル・ド・ループワイズの姿があった。

昨晩、例の高官殺しの事件について進展があったと連絡したところ、意外にも彼女自らこの事務所を訪ねてきたのだった。

「それでは、早速お話を伺ってもよろしいでしょうか？　《未知の危機》について新しく分かったことというのは一体……」

シエスタと渚が並んで座ったソファの対面、ノエルは真剣な眼差しでそう尋ねる。俺はというとそんな三人へのお茶出しをしていた。これも立派な助手の仕事である。

「本題に入る前にノエル、こっちから一つ訊いていいか？」

俺はノエルの前に紅茶のカップを置きながら尋ねる。

「どうしてもその格好が気になるんだが、それは私服か？」

「わたしの格好ですか？　ええ、皆様に失礼のないように着替えて参りました」

そう言うノエルが着ているのは、やたらふりふりした装飾のついた黒いワンピース。いわゆるゴスロリというやつだろうか。西洋的な顔立ちのノエルはまさに人形のようでファッション自体は似合っているのだが、なぜこうなった。

「郷に入っては郷に従え、日本の諺ですよね。わたしも和装以外に、日本のファッション文化を学んだのです」

「どこで学んだらそうなるんだ。サブカルの聖地にでも行ってたのか？」

「昨日、わたしの入った茶屋では給仕の女性は皆様このような格好を」

「それはただのコンカフェだ。入った店が特殊過ぎる」

やれ、メイドや忍者になっていた可能性もあったのか。真面目なのもいいが、いつか誰かにころっと騙されないか心配でもある。

「ノエル、あなたこの前会った時と香水も変えた？」

すると唐突にシエスタが彼女の香りを気にし出す。

「香水はつけておりませんが、おかしいですね……」

ノエルはくんくんと自分の身体の香りを嗅ぐ。まるで小動物だなと彼女を眺めつつ、俺も椅子を引っ張り出してきて席に座った。

さて、雑談はこれぐらいにして今からが本題だ。

俺が咳払いをするとノエルも察したようで、再びこう訊いてきた。

「それでは。高官殺しの事件について、一体どのような進展があったのでしょう？」

その質問に対して俺はシエスタ、渚と顔を見合わせる。昨日、刑務所であの事件があった後、俺たち三人はある話し合いをして一つの仮説を立てていた。

「ああ、だが一つ前置きをしておくと、進展があったのは事件についてじゃない。もっと根本の話なんだ」

探偵たちの代わりに俺がそう言うと、ノエルは意図を掴み損ねたように首をかしげる。だが、それは本来おかしい。彼女がそれを理解していないはずがないのだ。

「今回あんたら政府がシエスタと渚に《名探偵》の権限を渡したのは、本当は高官殺しの調査をさせることが目的じゃないんだろ？」

そう考えた理由は幾つかある。まずはやはり、高官殺しにまつわる詳細として送られて来た資料のコピー。黒塗りだらけのあの情報では、調べるものも調べられない。事態が切迫していると言いながら、真剣に依頼する気があるとは思えなかった。

そしてもう一つは――あまりに、すべての場が整いすぎていたこと。昨日俺たちが風靡さんに会うため刑務所を訪れたタイミングで、ちょうどどこか《人造人間》を思わせる敵に遭遇した。またタイミングよく渚が近くで《黒服》からマスケット銃を受け取っており、それを使ったシエスタが敵を倒すことでかつての《名探偵》のような仕事を果たした。

……あまりに出来すぎている。あの蛇腹男が《連邦政府》の仕込みであったとまでは思わないが、あのタイミングでそういう事件が起こり得ることは知っていたのではないだろうか。そして《連邦政府》は俺たちに《調律者》の手帳を渡せば、まずはその権限を使って加瀬風靡に会いに行くだろうと推測した。よって《連邦政府》は俺たちとあの蛇腹男を意図的にバッティングさせることが可能だった。

「なぜそのようなことを、わたしたちが？」

ここまで説明したところ、ノエルがそう質問を挟んだ。《連邦政府》が俺たちに、昨日のような戦いをさせた意図があるとすれば、それはどういう理由でなのかと。

「私たちを名実ともに《名探偵》に戻すためでしょ？」

シエスタは「おかげですっかりその気にさせられた」と、小さくため息をつく。

そのからくりはこうだ。まずは一昨日、《未知の危機》と称して複数の高官殺しが発生していることを伝え、さらにその事件にはかつて《名探偵》が担当した《世界の危機》が関連しているかのような情報を匂わせた。そうすることでシエスタや渚に、半ば強制的に昔の事件の後始末として調査依頼を引き受けさせた。

ここまではまだシエスタも渚も、政府に命を受けて臨時の《名探偵》として職務を代行することになったに過ぎない。だがそこで昨日の事件だ。まるでどこか昔も体験したような事件に再び遭遇させ、それを解決させることでシエスタらに《名探偵》としての本能と感覚を思い出させる――それが《連邦政府》の狙い。

ゆえに高官殺しの事件は、あくまでもシエスタたちに再び《名探偵》の仕事に興味を取り戻させるための餌。すべてが捏造だったかどうかまでは分からないが、一昨日ノエルの言っていた「触手の破片」などというわざとらしい要素はフェイクだったのではないか、というのがシエスタの意見だった。

「……では、どうしてわたしたち《連邦政府》は、シエスタ様や渚様を《名探偵》に戻したかったのでしょう。そうするだけの理由がなにかあると仰るのですか？」

「それを訊くために、今日あなたを呼んだの」

渚がノエルに問い返す。

「高官殺しの調査以外で、あたしたちに本当にやらせたい仕事はなに？　この先《名探偵》の存在が必要になる出来事が待っているんでしょう？」

渚の、いや、俺たち三人の仮説が再度ノエルに投げかけられる。

ふいに訪れた沈黙、シエスタが紅茶のカップを口に付け、ソーサーに戻す音だけが小さく響く。ボールを渡し終えた俺たちは、ただその返球を待つことしかできなかった。

「Corretto」

やがてそんな答えをもたらしたのは、ノエルではない第三者だった。

事務所の扉を開けて入ってきたその人物は、被っていたハットを少し持ち上げて、白い髭が目立つ口元で笑ってみせる。

「——ああ、やっぱり」

そう納得したように呟いたのは隣に座るシエスタだった。

「なんとなく、あなたが背後にいる気がしてた。ブルーノさん」

「久しいね、君たち」

来客は俺たち三人を見て目尻を下げる。

元《情報屋》ブルーノ・ベルモンド。一年前、あの《大災厄》以来の再会だった。

「なんで、ブルーノさんが？」

一方、渚はシエスタと違って困惑し首を捻る。ブルーノは一体ここになにをしに来たのか、と。

それに対して、微笑みを湛えたままの老父は杖を支えにしながら俺たちの向かい側に

……つまりはノエルの横に腰掛けると、その頭をぽんと優しく撫でた。

「孫娘が世話になった」

そしてノエルも、ほんの少し表情を緩めてそれを受け入れる。

「ノエルがブルーノの孫？　でも、苗字は……」

ノエルの苗字は、コードネームにもなっているループワイズだ。ブルーノの苗字であるベルモンドとは違う。

「ええ。実は、わたしはベルモンド家の養子だった時期があるのです」

するとノエルは時折ブルーノと顔を見合わせながら、俺に説明を施す。

「事情があって今は違うのですけれど、わたしは長らくおじい様のもとで育ちました。今の家に戻ったのは、一年ほど前のことです」

つまりは、ノエルにとってはループワイズよりもベルモンドの姓で生きてきた時間の方

が長いわけか。シエスタもその事実は知らなかったらしく、小さく頷きながら二人を見つめる。それにしてもこのタイミングでの紹介とは。

「年のせいか、そろそろ君たちにも私の宝物を自慢したくなってしまってね」

「……おじい様。酔っ払っていらっしゃいますか？　恥ずかしいのでおやめください」

いつもクールなはずのノエルは、わずかに口元をむずむずと動かす。ブルーノはそんな孫娘を見て相好を崩すと、次にシエスタへ視線を向ける。

「しかし君は、私がノエルの背後にいると気付いていたようだね？」

ブルーノがそう訊くとシエスタは「ただの直感です」と答える。

「今日のノエルからはあなたの匂いが少しだけした。香水と、ブランデーと、それから百年旅した風の匂い」

シエスタがそう言うと、ブルーノは一瞬虚を突かれたように眉を動かし、やがて顎を撫でて笑った。

「なかなか自分では気付けないものだ」

さすがは野生のケルベロスより鼻が利く名探偵だった。

「それで、ブルーノ。ここに来たということは、あんたが真相を教えてくれるのか？」

俺は再び話を本題に戻す。なぜ《連邦政府》はこんな回りくどいやり方をしてまで、シエスタや渚を《名探偵》に戻したかったのか。ノエルの背後にブルーノがいたとするなら、それを説明するのは彼の役目のはずだ。

「まず一つ、前提の話をしよう」

するとブルーノは真剣な表情を浮かべて語り出す。

「君たちが先ほど述べた仮説はほぼ当たっている。ここ数日君たちの周囲で起きた出来事は、二人の探偵を《調律者》に戻すために必要な手順だった。——だが、《未知の危機》に関しては完全に捏造されたものではない。今後この世界で、実際に起きる危機だ」

「それはいつ起きるのか決まってるの？」

渚が訊く。元《情報屋》であればそれも知っているはずだ、と。

「《聖還の儀》当日だ」

……そう来たか。《連邦政府》や元《調律者》、その他世界の要人たちが一堂に会する機会。この世界に仇なす未知の存在が本当にいるとすれば、その日を狙うことは合理的な判断なのだろう。

「《未知の危機》とは新たな敵のことか？　一体それは何者だ？」

「ある聖域からやって来る使者のことだ」

ブルーノは目を細め、わずかに声のボリュームを落として言う。

「そこは未知の国家や大陸とも、あるいは未観測の衛星とも言われ、《連邦政府》が唯一手を出すことのできないサンクチュアリ。ただ、現代の科学では解明できない通信手段を用いて、彼らは時折《連邦政府》に一方的なアクセスをもたらす」

……まだ見つかってない国家のようなものが世界のどこかに存在すると？　しかし、未観測の衛星に住む生命体というのも、たとえば《原初の種》という存在を知っている今、否定することはできない。

「我々はその観測不能な領域のことを《未踏の聖域》と呼んでいる」

そう言うとブルーノは何度か小さく咳き込んだ。すると隣のノエルが「おじい様」とその背中を優しくさする。

「……私も少しだけ聞いたことがある。その聖域に住む使者はこれまでも、何度かこの世界に対して攻撃的な接触を図ったことがあったと」

シエスタが顎に指を添えながら考え込む。

「つまりは、今回その襲撃が《聖還の儀》の日に起ころうとしているということ？　あなたたちはそれを指して《未知の危機》と呼んでいる？」

「その通りです、シエスタ様」

咳き込んでいたブルーノに代わってノエルが頷き、さらに続ける。

「つい先日わたしたちに対して《未踏の聖域》から一方的なアクセスがありました。それによれば、来たる《聖還の儀》の日に我々は襲来すると。またそこで答えを聞く、とも」

「答え？　そいつらは《連邦政府》となにか交渉でもしているのか？」

「ええ、君彦様。簡単に言えば、我々はある条約を締結するように要求されているのですが、しかし……」

ノエルはそこで言い淀む。恐らくは交渉が上手くいっていないのだろう。

そこで《未踏の聖域》の使者は度々、実力行使に出ている。そして今回も。

「ちなみにその条約ってどういうものなの？」

すると渚が、俺も気になっていたことを代わりに質問してくれた。秘密主義の《連邦政府》がそう簡単に教えてくれるだろうかと危惧していたのだが、ノエルは意外にもすんなりとその条約について話してくれた。

簡潔にまとめるとそれは《連邦政府》と《未踏の聖域》による和平条約のようなものであるらしい。ただその条件として聖域の使者は、《連邦政府》がこの世界の機密事項として管理している「あるもの」の譲渡を要求したという。だが政府はそれに心当たりがないと一蹴し、今なお条約の締結には至っていないらしい。

「ゆえに今は、その日へ向けた準備をしておくことしかできない」

咳の治まったブルーノが改めて俺たちに強く語りかける。

「約二週間後、《聖還の儀》で《未知の危機》は必ず起きる。それまでに君たちには少しでも世界を知り、そして覚悟を決めておいてほしいのだ。再び戦火に身を投じる覚悟を」

「……だからシエスタや渚を《名探偵》に戻しておこうと？」

「その通りだ。老いた私にできることは限られている。その分、少しでも同志の数を増やしておきたい」

やはり。それがこの数日、俺たちの身の回りで起きた出来事の意味。だとすればシエスタと渚は、今の話を聞いてどう思ったのか。

「やろう、私たちで」

シエスタが誰より早くそう答えを出すことは、マスケット銃を構えた昨日のあの背中を見ていれば分かることだった。

「うん、あたしたちは探偵だから」

渚がどれだけその仕事に誇りを持っているか、彼女がまだ探偵代行だった頃を知っている身として嫌というほど理解できた。

今、改めて俺は隣に座るシエスタと渚を一瞥する。二人の探偵の目は、迷いなく明日を見ていた。だったら、俺の答えも一つだ。

「俺はお前たちの助手だ。好きなところに連れて行け」

災厄を終えたこの一年間が、平和なエピローグだったというのなら。

これからの未来、そんな日常を続けるためのエンドロールを迎えに行こう。

【某探偵事務所のとある一日】

AM九時。

大学が休みの日は、おおよそこの時間から白銀探偵事務所の一日が始まる。

雑居ビルの二階。鍵を開けてドアノブを回すと、見慣れたオフィスが目の前に広がる。

まずはカーテンを開け、それから自分のパソコンを立ち上げた。急ぎの案件メールが来ていないかだけ確認して、その後は簡単な掃除に移る。

とは言え、ここの所長も探偵も綺麗好きなため、割といつも事務所は清潔に保たれている。軽く箒で床を掃き、それから書類の整理をしていると、ガチャリと事務所の扉が開いた。

「おはよー。早いね、君彦」

探偵、夏凪渚が小さくあくびをしながら入って来た。

外套をハンガーラックに掛けると、自分のデスクに座ってぐっと伸びをする。

「寝不足か？　また海外ドラマでも夜通し見てたんだろ」

「ううん、昨日は遅くまで研究室の飲み会。教授も残ってたから帰りづらくて」

「俺たち、同じ研究室だよな？　なんで俺はそれに誘われてないんだ？」

院生からも教授からも認識されてないんじゃないだろうか。将来、本当に卒業できるのだろうか。若干不安になりながら俺も自分のデスクにつく。

「仕事するか」

ＡＭ九時半。

従業員が二人揃ったことで、ぼちぼち本格的に業務が始まる……はずなのだが。

「なにか新しい依頼来てるの？」

「印刷機レンタルの営業メールだけだな」

「いつも通りかあ。今月給料出るのかな」

ぐでっとうなだれる渚。例の不貞調査、もといストーカー事件以来、うちにまともな依頼は来ていない。だがしかし、それには仕方がない面もある。

というのも、我らが白銀探偵事務所にはホームページすら存在しないのだ。唯一の宣伝方法は駅の掲示板にチラシを貼り付けているだけで、大多数の人はこの事務所の存在にすら気付かない。

「まあ、それが所長の方針ならあたしたちも文句は言えないけどさ」

シエスタ曰く、サービス業は適材適所。一般的な人が助けを求めて、それに応える場所や組織はすでに沢山ある。でも自分たちはその普通からはみ出てしまった人たちを助けるのだと……そういう場所づくりをするのだと言っていた。

「あたし、買い出しに行って来ようかな。暇だし。なにか必要なものある？」

「客用の茶菓子ぐらいか？　結局自分らで食べることになるが」

渚は「確かに」と笑いながら立ち上がり、再びコートを手に取る。

「俺も行くか？　荷物持ち要員で」

「んー、君彦いたら変な事件に巻き込まれそうだしいいや」

「理不尽だ」

そうして渚が出て行き、俺はまた一人になる。所長はまだまだやってこない。

ＡＭ十時。

コーヒーを淹れてデスクへ戻ると、パソコンに一通のメールが来ていた。

それは《連邦政府》高官ノエル・ド・ループワイズからだった。連絡が来るのは、彼女がうちの事務所を訪れて以来、二日ぶり。メールにはビデオ通話のＵＲＬが記載されており、俺はヘッドセットを用意してその通話に応じた。

『おはようございます、君彦様』

パソコン画面に映るノエルは小綺麗な私服姿で、俺に向かってこくりと頭を下げる。自室にいるのか、背景には西洋風の調度品が映っていた。どうやら本来の故郷（フランスと言っていたか？）に帰っているのか。だとすると。

「そっちは真夜中だろ。大丈夫なのか？」

『ええ、まだ山積みのお仕事がありまして』

どうやら《連邦政府》勤めは探偵事務所で働くよりもブラックらしい。

「それで、なんの用だ？　所長に話なら起こしてくるが」

シエスタは今頃、この建物の上の階ですやすや眠っているはずである。

『いえ、大丈夫です。探偵様がよくお眠りになられることはおじい様から聞いておりますので。沢山寝て沢山食べて、今もすくすく育っていると』

「子どもか」

と、そんな話をしていたところまた新たなメールが送られてきた。

そのメールにはフランス行きの航空機のチケットが添付されている。十日後の《聖還の儀》のためのものだろう。《連邦政府》にしては珍しい厚遇だった。

『こちらのメールをご確認いただきたいのと、今ホテルの方も手配中なのですが、お部屋のタイプのご希望などありますでしょうか？』

「いや、適当でいい。三人一室で問題ないぞ」

かつてシエスタに連れ出された放浪生活を思えば、足を伸ばして寝られる場所があるだけでありがたい。

『本当に皆様、仲が良いのですね。君彦様はお二人のうちどちらとお付き合いをされているのですか？』

「二人のうちどちらかとお付き合いしているとしたら、三人一室で泊まらないだろ。俺の倫理観どうなってるんだ」

『大丈夫です。今すぐ一夫多妻制の国と地域をリストアップいたしますので』

「変なところで政府高官の腕を発揮するな」

俺がそう突っ込むと、クールで無表情なはずのノエルが少しだけ微笑んだ。

『でもやはり皆様、家族みたいで羨ましいです』

「家族、か。まだ同僚の方がカテゴリとしては正しそうだが」

それに家族ならノエルだって……と言おうとして、少し迷った。代わりに「今はどういう暮らしをしてるんだ？」と俺は訊く。

『ループワイズ姓に戻りはしましたが、一人暮らしです。……実はあの家にはあまり良い思い出がないのです』

「……そうか。でも、ブルーノとはいまだに会うことはあるんだろ？」

『ええ、他愛のないことを話す食事会を月に一度必ず』

なるほど。互いの立場上、逆に業務の話はできないことも多いだろう。《情報屋》として生きてきたブルーノは滅多なことでは自らの知識を分け与えないという。それは政府の人間や家族が相手でも例外はないはずだ。

『おじい様がその雑談だけの食事会を楽しんでくれているかは分からないですが』

「ブルーノだって楽しいから毎月会ってるんじゃないのか？」

『そう、だといいんですけど』

するとノエルはそう言葉を濁しながら視線を外した。

「でもまあ、相手の気持ちなんて分からないよな」

俺がそう言うとノエルは『君彦様も？』と小さく首をかしげる。

ああ。渚やシエスタが今なにを思ってるのかなんて、本当のところは分からない。

「相手の考えなんて、一緒にいた時間と思い出から、なんとなく推し量ることしかできないんだ。でも結局いくら考えてみたところで、最後は自分のエゴで決めるしかない」

きっと相手はこう考えてるはずだから、自分がこうしたら相手は喜ぶだろう、だとか。人はみな自分勝手な生き物で、そういう風にしか生きられない。だからせめて、その互いのエゴによって生じる衝突を乗り越えられる人間関係を築かなければいけないのだろう。

『そう、ですね。すみません変なことを言ってしまって』

ノエルは少しだけ目尻を下げて俺に謝る。

『それに、ありがとうございます。……もしも君彦様のような方が家族だったなら、わたしももう少し胸を張って生きていけたかもしれません』

「それも高官ジョークか？」

俺がそう訊くとノエルは『さあ、どうでしょう』とわずかに微笑んだ。

「色々あるだろうが、今はまず《聖還の儀》に備えて気を引き締めていかないとな」

例の《未知の危機》が起きると言われている日まではあと十日。それまでに俺たちはできることを模索していかなければならない。

「とりあえず《聖還の儀》の招待客のリストを送ってもらえないか？　念のために参加者を把握しておきたい。《連邦政府》関係者の情報が明かせないなら、それ以外だけでも構わない」

『分かりました、後ほどすぐに。こちらも今は、他の元《調律者》の皆様にコンタクトを取ろうと動いているところです。おじい様もやはり、少しでも同志を増やしたいと』

ああ、味方は多ければ多いほど心強い。また連絡を取り合おうと約束して俺たちは通話を終えた。

「へえ、意外と君も繊細なことで悩んでるんだね」

ふと、一人だったはずの部屋にそんな声が響く。

振り向くとそこにはいつの間に起きてきたのかシエスタが立っていた。

「どこから聞いてた？」

「君が恋に思い悩んでるところから」

そんなシーンなかっただろ、多分。

「これはちなみになんだけど、一夫多妻制の国は西アフリカに多いらしいよ」

「へえ、そうか。これもちなみにだが、いつどういう理由でそれを調べた？」

「……一般常識として知っていただけ」

シエスタは「こほん」とわざとらしく咳をして自分のデスクへ向かった。

「君は間違ってないと思うよ」

それからシエスタは、パソコンを起動しながら何気ない調子でそう言った。話が変わったことは分かるが、一体なにが言いたいのか、次の言葉を待つ。——すると。

「一人の少年のエゴに動かされて、今ここにいる探偵もいるから」

シエスタはそこまで表情を変えず、でも確かに俺の顔を見てそう言った。

俺は「そうか」とだけ呟いて、まだぎりぎり冷めていないコーヒーに口をつけた。

「ただいまー、あ、シエスタ起きてる」

と、その時、渚が買い物袋を持って帰ってきた。

「とっくに起きてはいたよ。ちょっとシャワーを浴びて読書をして紅茶を飲んで映画を観ていたら遅れただけで」

「あー、はいはい。言い訳はいいから」

渚は慣れた様子でシエスタをいなしながら、デスクに買ってきた物を広げる。

「駅前で美味しそうなパン買ってきたんだけど、みんなで食べない？」

ＡＭ十時半。

業務開始にはまだまだ時間が掛かりそうだった。

【第二章】

◆それがアイドルのお仕事ならば

ブルーノとノエルが事務所を訪れてから五日後。まだ大学が冬休みの俺と渚は二人で、とあるアーティストのライブに参加していた。

場所は、有名な建築家がデザインを担当したという国立競技場。

木々がスタジアムを囲っているそこは、まさに森の中に取り込まれているような雰囲気で、人工物と自然が渾然一体となっている。そんな舞台で今、日本で最も有名なトップアイドルと名高い少女が、国内ツアーの千秋楽を迎えているのだ。

「もっともっと　☆の彼方へ　きっとずっと　♡は味方で～♪」

そしてライブもすでに中盤戦。中央ステージに立つアイドルの少女は、さらにボルテージを上げるように観客を煽りながら歌う。俺たちは後方スタンド席に立ち、桃色のサイリウムを両手に持ってそれに応えていた。

「記号＝希望に？　そのモットーをもっともっと叫んでよ～♪」

会場は轟くコールと歓声で埋め尽くされる。

しかし俺はただ無言で、光る棒をステージに向かって捧げ続ける。そう、なにも大声を出すことだけが応援ではないのだ。ファンとしては、時にはこうして後ろから静かに見守ることも大切で……。

「な、泣いてる……」

隣で渚がドン引きしたように俺を見つめていた。

「昔はあんなに大声でコールしてたのに。むしろあの頃の方が健全じゃなかった？」

「唯にゃがこんなにも大きく育ったんだ、涙が零れるのは当然だろ」

「あんたは唯ちゃんのなんなのよ」

渚は呆れたようにため息をつく。だが今は渚に構っている暇はない。

「みんなありがとう～！『キミイロギミック』でした！」

曲を歌い終えた唯にゃ、もとい斎川が俺たちファンに大きく手を振ってくれる。

俺もそれに小さく手を振り返し……あ、今、目が合った！

絶対俺の方見てた！　間違いない！

「唯ちゃんが大人になる代わりに君彦が退化してない？」

それから間もなくして斎川はライブMCに入る。

その振る舞いも昔以上に堂々としたものになっていた。

「まあでも、手の届かないところに行っちゃった感じはするかもね」

渚は、そんな斎川をどこか遠い目で見つめる。

現役女子高生アイドル——斎川唯。

出会った時には中学生だった彼女も、今や高校二年生。だがその人気は劣るどころかこの数年でさらに増し、国内では女優業にも精を出し、さらには海外公演も次々に成功させている。

今一番チケットが取れないアイドルとは彼女のことで、このライブも俺と渚は関係者として席を融通してもらっていた。シエスタも最初は行きたがっていたのだが、今日は仕事があると言って事務所に引き籠もっている。

「ファンクラブに入っていてもライブの当選率は五％以下。昔以上においそれとは会えなくなったな」

「うん。それより君彦が唯ちゃんのファンクラブに入ってることが初耳だけど」

言ってなかったか？　三年前からだ、毎月会報が届く。

「じゃあ今日は本当にラッキーだったね。招待してもらえて」

「純粋なファンとしては抜け道みたいな感じもして罪悪感もあるけどな」

「いや、そもそもこのライブには遊びで来たわけじゃないんだから」

ああ、分かってるさ。この後は幾分か真面目な話し合いが待っている。

それまではせめて、このスーパーさいかわアイドルによるキャッチーでクレイジーな世界に浸ろうと思った。

それから約二時間後。予定通り楽屋を訪ねると、無事にライブを終えた斎川唯がお茶を飲みながら一息ついているところだった。

「あ！」

俺たちに気付いた斎川は立ち上がり、目を輝かせて駆け寄ってくる。俺は若干緊張しつつも両腕を広げ、彼女が飛び込んでくるのを待ち構え——

「渚さん、お会いしたかったです！」

斎川がダイブしたのは渚の胸だった。

「唯ちゃん、久しぶり！」

スルーされた俺の隣。渚は斎川を抱き締めたまま、くるくるとその場を回る。

ああ、こうなることは分かってたさ。

「あ、君塚さん。どうも」

そして渚の腕の中から斎川がひょっこり顔を出す。

「わざとだよな？　そのつれなさは、さすがにわざとだよな？」

俺がジト目を向けると斎川はくすりと笑った。

「というか斎川、なんで制服なんだ？」

ライブ終わりの今、なぜか彼女は高校の制服に身を包んでいた。

「久しぶりに君塚さんに会うので、一番の勝負服はなにかなと考えたらこれになりました。どうです？」

斎川は言いながら、制服のリボンを摘まんでアピールする。

確かに制服姿の斎川は新鮮だが、しかし。

「ということは、なんだかんだ言って斎川も俺に会えるのを楽しみにしてたのか？」

「……うるさいですね。情緒を解さない人はやっぱり嫌いです」

つんと斎川はそっぽを向き、またしても渚のもとに戻っていく。

なぜ渚ばかり。俺も女に生まれれば良かったのか。

「まったく、相変わらずですね」

と、そんな俺を冷ややかに見ている人物が楽屋に一人いた。

「男の嫉妬ほど見苦しいものはありませんよ、君彦」

斎川のためにお茶を淹れているその少女は、若き日のシエスタそっくりの風貌だった。

「嫉妬の深さに男も女もないだろ、ノーチェス」

俺がその名を呼ぶと彼女は口元だけで薄く笑う。

「ジェンダーフリーが叫ばれている世の中ですが、むしろ息苦しくなる一方ですね」

クラシカルなメイド服を着た彼女は、アンドロイドらしからぬ皮肉で世相を斬る。あと数年もすればアンドロイドフリーなる言説が叫ばれる世の中が来るのかもしれない。

「それにしても、外でも斎川と一緒なんだな」

「ええ、斎川家のメイド長としては唯様の護衛にあたるのは当然です」

ノーチェスが斎川家で働き始めたのは一年前のことだった。元々の主人であるシエスタが眠っていた間、ずっと率先してその世話をしてきたノーチェスだったが、シエスタが目覚めたことでその使命から解放され、今は斎川家のメイド長を務めている。

「相変わらず忙しくしてるんだな」

「ええ、毎日お屋敷とお庭の手入れだけで陽が暮れます。木々の生長はどうしてあんなにも早いのでしょう」

ノーチェスは日々の苦労をそう語りながらも「好きでやっていることですが」と補足をする。一年前、ノーチェスの任を解いたのは他ならぬシエスタ自身だった。それは、もっと自由に生きていいのだというシエスタなりのメッセージだ。

「私はやはり人に仕えるのが好きなのです」

しかしノーチェスは自分の意思で今もメイドとして人に仕えている。それは俺が判断するまでもなくきっといいことなのだろう。

「そちらも変わりないようですね」

斎川と渚がお喋りに興じている様子を眺めつつ、ノーチェスはそう俺に言う。シエスタと情報交換は時折しているらしく、俺たちの日常はノーチェスもよく分かっているのだ。

「シエスタと渚はよく喧嘩してるけどな」

と思ったら三十分後には仲良く女子会のようなテンションで喋っていたりする。

俺は思わずため息を零しながら、いつもの二人の光景を思い浮かべる。

「楽しそうですね」

「疲れるだろってツッコみたくなるけどな」

「君彦のことですよ」

すると思いがけずノーチェスは俺を見つめていた。

「楽しそうです、君彦」

「……まあ、な」

ノーチェスに下手な誤魔化しは利かない。俺は彼女以外に聞こえない声でそう答えた。

「さて、そろそろ本題に入りましょうか」

ノーチェスがそう切り出すと、お喋りを続けていた斎川と渚もこちらに寄ってくる。

「なにか唯様にお話があるのですよね？」

俺は頷き、例の《未知の危機》についての説明を一通り施した。というのも、先日ノエルから貰った《聖還の儀》の招待リストに斎川の名前を見つけたからだ。

かつて斎川唯もまた、俺たちと共に《大災厄》を止めるべく行動していたことがある。ゆえに彼女にも、今回の式典に参加する権利があったのだろう。

「なるほど、一週間後にそんな危機が起きると……」

話を聞き終えた斎川は深刻な顔で考え込む。もし斎川も《聖還の儀》に参加するということであれば、この情報を伝えておかないわけにはいかなかった。

「実はまだ、わたしはその式典に参加するかどうかも迷っている段階でして。一週間後というと、ちょうど海外公演と重なるんですよね……」

「そうか。国内ツアーが終わったばかりなのに、大変だな」

俺が労うと斎川は「楽しいですけどね」と白い歯を覗かせる。それからしばらく俺たちの間に沈黙が流れたものの、再び口火を切ったのは斎川だった。

「でも皆さんはまた関わろうとしているんですね、世界に」

斎川だって世界を舞台に歌ってるだろ、と返そうとして、彼女が言っているのはそういう話ではないとすぐに気付いた。斎川が言う世界とは、俺たちがこれまで体験してきた数々の非日常のことだ。

この一年は比較的、穏やかな日々が続いていた。だが今回の式典で《未知の危機》が起きると言われている。俺たちは久しぶりに、非日常の世界に接触するのだ。

「わたしは……どうするのが正解なんでしょうね」

斎川がまた少しだけ困ったように笑う。再び世界になにか危機が起きる可能性を知った今、自分はどう行動するのが正解なのかと。

「少し前までこの世界にいた敵は強大で、もうおしまいかもしれないってみんな本気で思っていて。だけど今はシエスタさんも渚さんもいて、わたしたちみんな元気で、幸せで。この一年間は、本当に夢みたいに楽しかったんです」

この一年間、斎川はかつてのような非日常からずっと遠ざかっていた。アイドルとしての夢を毎日叶え続けてきた。だからこそ今、選択に迷っているのだろう。

だがむしろ斎川は、これまでよくついてきてくれた方だ。彼女の左眼が関係していた《原初の種》を倒した後も、斎川はシエスタを取り戻すべく俺たちに手を貸し続けてくれたのだ。だから。

「重荷だったんじゃないか？」

これまで俺は斎川の優しさに甘え過ぎていたのかもしれない。

ふいにそう思い、俺は斎川に訊いた。

「重荷、ですか……そうですね」

斎川はなにか考えるような素振りを見せる。

そして「ええ、確かに重いです」と、なぜかはにかみながら俺と渚を見比べる。

「わたしにとってお二人は、昔からずっとずっと、両手で抱えきれないぐらい重たくって大事な存在ですから」

アイドルの眩しい笑顔が、昔のある光景を思い起こさせる。

斎川との出会いとなったサファイアの左眼の事件。それを解決したあの日も今と同じようにライブ終わりの楽屋にいた。あの時俺たちは、渚の激情によって繋がった。絶とうとしても絶てない縁によって繋がったのだ。

「やっぱり唯ちゃんは、アイドルだよ」

渚が目を細めて優しく斎川を見つめる。

当たり前のことを言っているようで、多分少し違う。

「今この世界が夢みたいだって言ってくれるのなら、唯ちゃんにはアイドルとしてみんなの日常を守ってほしいな」

そうだ、渚が斎川に伝えたいのは。

「だってアイドルは、みんなに夢を見せるのが仕事なんでしょ？」

斎川がはっとしたように目を見開く。

そうだ、世界に関わる方法は一つではない。

世界の危機を予測する者、巨大な悪と戦う者、傷ついた人を癒やす者、そして帰るべき日常を守る者。正義を守る方法は一つだけに限られてはいないのだ。だから――

「――はい、喜んで！」

斎川はいつかと同じように純真無垢な笑顔で渚に応える。

昔よりも大人になったアイドルは、それでも等身大の斎川唯のままだった。

◆誘拐の様式美

その後、斎川とノーチェスとしばしの歓談を挟み、俺と渚はライブ会場を後にした。そうして今日のところは家に帰ろうとしていたその時、事件は起きた。俺のスマートフォンに届いた、差出人不明のメール。

その内容は——愛しの名探偵を預かった。

それを見た俺と渚は、すぐに白銀探偵事務所へ向かった。

「シエスタ！」

施錠された鍵を開け、事務所の扉を勢いよく開ける。

が、一縷の希望も虚しく、部屋の奥の指定席に白髪の探偵は座っていなかった。

「……っ、そんな、なぜだ」

ここでシエスタは何者かに連れ去られたのだ。

——間に合わなかった。俺は思わず膝から崩れ落ち、そのまま意識が暗転した。

「いや、そんなノベルゲームのバッドエンドみたいに」

ほら立って、と渚は俺を起き上がらせる。さらには「これ見て」と机に置いてあったメモ帳を見せてきた。そこに書かれていたのは。

「愛しの名探偵を返してほしくば電波塔の頂上へ来い、か。やっぱり誘拐か？」

「うーん、でもあのシエスタが簡単に連れ去られたりするとも思えないけど」

それは確かに。むしろ犯人側が反撃に遭い、致命傷を負う姿の方が想像できる。

「じゃあ、顔見知りの犯行か？」

「うん。というかシエスタは、自分が連れ出されることも分かってたんじゃない？　犯人が残したこのメモ書きもさ、そこの机にある万年筆で書かれてるでしょ」

「ああ、確かに。インクの質感でなんとなく分かるな」

ということは、犯人は俺たちへの挑戦状をこの場で書いたのか。恐らくはシエスタもいたはずのこの事務所で。

「でもその万年筆はちゃんとペン立てに戻されてるし、事務所もまったく荒らされてない。だからこれは、被害者も納得した上での計画的犯行」

なるほど、だとすればさして緊迫した状況ではないということか。

「ほら、そうと決まれば愛しの名探偵を探しに行くよ。愛しの名探偵を」

「なんで微妙に睨むんだよ。俺が書いたわけじゃないからな、これ」

俺は改めて誘拐犯（？）が書いた挑戦状を手に取る。電波塔の頂上、か。

「けどこれ、赤と青どっちだ？」

日本で有名な電波塔と言えば古くからある赤と、比較的新しい青の二択である。

「なに言ってるの？　青い方はこの前、ほら」

「ああ、そうだったな。じゃあ赤か」

俺たちは事務所を出てタクシーを拾った。そうして元日本一背の高い電波塔へ向かったものの、そこにシエスタはいなかった。代わりに展望台のガラスに貼り付けられていたのは、先ほどと同じような置き手紙。そこにはまた新たな目的地が記されてあった。

喫茶店、古書堂、教会。様々な場所をたらい回しにされ、すっかり辺りが星空に包まれた頃、俺と渚（なぎさ）はとある古びた遊園地に来ていた。今日の営業は終了しており、人っ子一人見られない。

だが当然、俺たちの目的はテーマパークで遊ぶことではない。置き手紙の指示に従い、とあるアトラクションのバックヤードに侵入する。さらにそこの床のタイルを外すと下へ続く梯子（はしご）が出現し、地下へ降りると一枚の扉がある。

「そろそろ頼むぞ」

精神的にも疲れた身体（からだ）で、その鉄の扉を開ける。すると——

「シャル、じっとしてて。お顔が煤（すす）で汚れてるから」

「ふふ、マーム、くすぐったいです！」

なにやらシエスタに顔をタオルで拭かれ喜ぶ、タンクトップ姿の女がそこにいた。

「なにをやってるんだ、シャル」

「あら、思ったより早かったのね」

女の名は、シャーロット・有坂・アンダーソン。俺たちのかつての仲間にして、世界を股に掛けて活躍するエージェント。彼女が身につけた暗殺術は人を救うために使われ、実際俺も何度窮地を救われたか分からない。

ただ、そんなシャルにも弱点はある。たとえば一つは頭脳プレーが苦手なこと、そしてもう一つはシエスタのことが好き過ぎるあまり、こうしてうっかり誘拐してしまうことである。うっかり誘拐するなよ。

「あ、助手、渚。来たんだ」

「……やれ、無事で良かったな」

今思えば「愛しの名探偵」とは、犯人目線の言葉だったのか。世界一アホな誘拐犯だ。

「わざと俺たちを遠回りさせてたな。シエスタと二人の時間を楽しみたくて」

「なんのことかしら。ワタシはただ、アナタたちの腕が鈍ってないか試してあげただけよ」

しらっと微笑で誤魔化すシャル。それから立ち上がると、壁際に置かれた長銃を手に取り布で磨き始める。シエスタのマスケット銃だ。

「一体ここはどういう場所だ？　シエスタもここでなにをしてた？」

この部屋の第一印象は、言うなれば秘密基地といったところだろうか。部屋には多くのモニターが置かれ、園内の映像などが映っている。また壁際の作業台にはブラシやオイル缶が転がっていた。

「実はシャルに、銃を整備してもらっていてね。あとついでに銃身に新しく花柄をデコレーションしてもらおうかと考えてるんだけど、どう思う?」

「心の底からどうでもいい」

◆エージェントのオモテとウラ

「それにしても、なんでこんな場所に基地があるんだ?」

俺は部屋のモニターで園内の様子を眺めながらシャルに訊(き)く。映像には、さっき遊びに出掛けたばかりのシエスタと渚が映っていた。せっかくだから少し遊びたいという探偵の要望によるものである。どっちの探偵とは言わないが。

「こういう誰も想像できない場所にあるから意味があるのよ」

するとシャルは、作業台の片付けをしながら俺の問いに答える。

「まさか敵もテーマパークの地下にこんなアジトがあるとは思わないでしょ?」

「敵って、一体お前は誰と戦ってるんだ?」

「まあ、そうね。今となってはここを使う機会も減ったかも」

その言い方からすると、昔はエージェントとしてこういった人目を欺くアジトを利用することも多かったのだろう。そして今回はここで、シエスタが久しぶりに使う銃の整備を担当していたと。

「けど、こういうのは大体スティーブンの仕事じゃなかったか？」

シエスタのあのマスケット銃を作ったのは元《発明家》スティーブン・ブルーフィールド。こういった武器の手入れも、あの男の仕事なのかと思っていたが。

「今は彼、行方不明らしいわよ。とは言え元は医者だし、どこかで本業に専念してるだけかもしれないけど」

……そうか。であれば、ブルーノもコンタクトを取れていないのだろうか。《未知の危機》のことを考えると、元《発明家》にも協力を要請していてもおかしくないはずだが。

「マーム、また《名探偵》をやる気なのね」

ふとシャルが手を止めてそう呟いた。シエスタが銃の整備を依頼したということは、当然そうなるに至った経緯を話しているはず。……いや、シエスタが喋らずともこのエージェントであれば、そういった世界の事情は知っていたに違いない。

「あくまでも臨時の職務代行だけどな」

少なくとも、最初にノエルと交わした約束はそうだった。

「シャルは参加するのか？《聖還の儀》には」

当然と言うべきか、このエージェントの名前も招待客のリストに載っていた。俺がなにか口を挟むまでもなく、シャルであれば自分で決断を下すだろうと思っていたが、こうして対面したからにはそのことについて話しておいてもいいだろう。

「……昔の話よ」

するとシャルは俺の問いにすぐには答えず、そんな前置きをして語り出した。

「エージェントの仕事で、紛争地でとある女の子の護衛を任されたの。その子の両親は共に軍の上層部。敵に狙われる可能性の高かった彼らは、ワタシにその子の保護を託した」

シャルは昔からあまり自らの仕事のことを語らない。それは守秘義務も当然あるのだろうが、自らそういう縛りを掛けているようでもあった。

「それから三週間。ワタシは戦地で、火の手を避けながらその子と二人で暮らしたわ」

今こうしてシャルが俺にこの話をしているということは、きっとなにか意味があるのだろう。俺はじっとその語りに耳を傾ける。

「大砲の音を聞きながら簡易的な防空壕(ぼうくうごう)で身を寄せ合った。段々食べるものも減ってきて、二人で水とビスケットを分け合って、必死に夢を語りながら前だけを見て生き延びた」

「それが、シャルの日常だったんだよな」

決して同情するわけではない。同情は、彼女が選んだ生き方を無責任に否定するのと変わらない。それだけはやってはならないことだ。

「その逃避行の中で、なにが一番辛かったと思う？」

俺は彼女の語る物語から、その景色を想像する。

絶え間ない銃声、空腹、衛生面の問題、自身の生命の危機……いや、シャルが大切にするのは恐らく、自分よりも保護対象である少女の命か。

「その生活が始まった次の日に、その子の両親が戦死したのを知らされたことよ。そしてワタシは三週間、その事実を保護対象に隠し続けた」

それは本当の戦場に立った者にしか分からない答えだった。シャルは嘘をつき続けたのだ。少女の生きる希望を絶ってはいけないと、そう考えたから。

「それからようやく紛争が停止して、大使館にその子を避難させて、そこで初めて真実を伝えた。——嘘吐きって、泣かれたわ」

ずっと淡々と語ってきたシャルの、エメラルド色の瞳が初めて揺れた。

お前は間違ってなかった——そんな慰めがなんの役にも立たないことだけは分かる。同情はできない。共感はもっての外だ。

ゆえに俺は聞くことしかできない。シャーロット・有坂・アンダーソンの物語を。

「悪かったわね。聞き役に徹してもらって」

さすがに寒くなってきたのか、シャルは上着を羽織った。

「ただ、こういう体験がワタシの日常だという事実が、たまに急に怖くなるの」

弱いわよね、とシャルは零す。

「弱いのが人間だろ」

俺がそう返すとシャルは苦笑する。

わざわざこの話をしたということは、シャルも迷っているのだろう。

かつてのような日々を送る勇気が今の自分にあるのかと。《聖還の儀》に参加することで、再び災厄に関わらざるを得なくなるのではないかと。

「それでもアナタたちは行くのよね？」

「ああ、探偵の二人がそう言うからな」

「アナタが嫌だって言えば、きっと二人はそれに従うわよ」

「なんで俺が嫌だなんて言うんだよ」

そう一笑に付す俺を、シャルはもの言いたげに見つめていた。

「心配なんでしょ、あの二人のことが」

俺はそれに答えず、モニターに映るシエスタと渚を眺める。夜の遊園地。二人は、他に客のいない夜のメリーゴーラウンドに乗って楽しげに笑っていた。

「分かるわよ。アナタがなにを考えてるかぐらい」

そう言われて思わず俺は振り向いた。

「大嫌いな人間のことは、逆によく分かるの」

そしてシャルはとびきりな笑顔を見せる。

やれ、こんなに腹立たしい笑顔がかつてあっただろうか。

「でも、嫌いな人間の前で嘘をついたって意味がないと思わない？」

それはつまり俺に本音を言えということだろう。どうせ俺たちの間に好感度なんて関係ないのだから、と。

「ああ、心配だ」

俺はモニターを眺めながら呟く。

「今もあんなに楽しそうに笑ってるあいつらが、また危険な目に遭うかもしれないと思うと、正直不安で夜も寝られない。というか隣で一緒に寝てほしくなる」

「そこまでくるとキモいわね」

「急に裏切るなよ」

俺は咳払いを挟んで仕切り直す。

「確かに不安な気持ちはある。でも、このまま《聖還の儀》に参加しなかったら、いつまで経っても二人から《調律者》という枷が外れない。――物語が、終われないんだ」

だから俺たちに今、選択肢はない。なにかを選ぶ権利というのは、誰に対しても無条件にもたらされるわけではないのだ。ゆえに今、俺たちは進むしかない。この歩く道が、望んだエンドロールに続いていると信じて。

「そう、じゃあこれ以上はなにも言わないわ」

シャルはそう言うと「ワタシも遊びに行こ」と、アジトを出て行こうとする。

「一応言っておくが、別に俺はお前のことが嫌いだから本音を言ったんじゃないぞ」

俺はシャルを呼び止めてそう言った。

嫌いだから、どうでもいいと思っているから、本心を話したわけじゃない。

「仲間だから言ったんだ」

俺がそう口にするとシャルは、少しだけ驚いたように瞳を丸くし、その後「そう」とだけ言って踵を返した。

後ろを振り向くその瞬間。わずかに見えた横顔がどこか嬉しげに微笑んでいるように見えたのは、さすがに俺の気のせいだっただろうか。

◆地上一万メートルの夜の空

目を開けると俺は夜の屋上にいた。

いや。目を開けると、というよりは気が付いたらいつの間にか、と言うべきか。

ビルやホテル、あるいは大学のキャンパスの屋上でもない。

ここは高校の校舎の屋上だ。だからこそ、これは夢だとすぐに気付いた。

今の俺に、古い学び舎に侵入する理由はない。俺は潜在意識に残っていた高校時代のイメージをたまたま夢に見ていたのか、あるいは……。

「久しぶりだね、ボクの愛おしいパートナー」

ふと、隣に人の気配を感じた。そいつは俺と同じように体操座りをしていて、その姿に似合わない軍服を着ている。俺はその少女の名前を知っていた。

「ヘル」

俺がその名を呼ぶと、彼女は昔と同じように紅い目を細めて妖しく微笑んだ。

「お前が俺をここに呼んだのか？」

かつて俺やシエスタの敵として立ちはだかっていた《SPES》の幹部にして、夏凪渚の別人格として生きていたヘル。《原初の種》との最後の戦いの末に消えた彼女は、今でもどこかで俺たちを見守ってくれているのか。

「随分、都合のいい夢を見ているんだね」

しかしヘルは俺の質問には直接答えず、ふっと視線を前に向けた。

都合のいい夢。ヘルとこうして夜の屋上で語り合うことを、俺が無意識に夢見ていたというのだろうか。

「そういえばさっきまで斎川たちと王様ゲームをして遊んでたんだった。ちょうど俺が王様になって、メイド服を着た斎川が『ご主人様』って呼んでくれるところだったんだよ。早く現実に戻してくれないか？」

「そういうバカな寝言は二度と言わないで。ちなみに言っておくとキミが斎川唯(ゆい)やシャーロットと仲良く遊んでいたのはもう一週間前だし、仮に王様ゲームをしたとしてもキミは一生辱めを受けるだけの立場だよ」

俺の現実、あまりにも理不尽過ぎるな。仕方ない、もう少しヘルが見せてくれていることの夢に浸ろう。

「ヘル、元気にしてたか？　って訊(き)くのもおかしいか」

「そうだね。そもそもボクは最初から実体もなにもない存在。本来、生も死もない」

だからこうして今もキミと喋(しゃべ)っていられるのかもしれない、とヘルは立ち上がる。

「キミは随分元気そうだし楽しそうだけどね」

「そう見えるか？」

「うん。愛しい二人の探偵に囲まれて、ね」

愛しいは余計な枕詞(まくらことば)だが、まあ、毎日がそれなりに楽しいことは否定できない。ノーチエスにも見抜かれたことだった。

「それは誇っていいことだよ。キミが成し遂げて、キミが手に入れた幸福だ。つい数年前までは、この屋上で世界の理不尽を嘆いていたはずなのに」

「渚と過ごした時のことか」

「そう、ご主人様が自分の出自を思い出し、苦しんでいたあの夜」

ああ、あの時もこんな風に星が綺麗な夜だった。渚が自分の正体や過去の罪を知った直後、泣きじゃくる彼女と共にここで夜の風に吹かれた。

そして俺は、そんな渚の抱える理不尽を半分背負うと誓ったんだ。あれからもう二年あまり。あの頃泣いていた渚はもういない。

「——本当に?」

夜風が急に吹きすさび、ヘルの着ていた軍服が激しく波を打つ。

「ご主人様だけじゃない。本当にもう世界のどこにも、泣いている女の子はいない?」

ヘルの紅い目が俺を見つめ、彼女の《言霊》が俺に思考を強制する。

俺の頭には二十年あまりの光景が走馬灯のように流れ出す。

この厭な体質が俺にはある。これまで到底一冊や二冊の小説では収まらないほどに、悲痛で悲劇的なエピソードを目の当たりにしてきた。だが一年前、災厄は終わった。人々は平和な日常を取り戻したはずだ。だから——

「せっかくこうして会えたんだ。一つ、約束をしてほしい」

するとヘルは俺の答えを待たず、なにか約束を取り付けようとしてくる。

「渚を泣かせるな、ってことだろ」

かつてヘルとそう誓った、もし破ったら二人分——倍殺しだと。

「そうだね。でも、大人になったキミにはもう一歩成長してもらおうかな」

遠くの星を見ていたヘルは振り返り、穏やかな笑みを湛えてこう言う。

「夏凪渚と、夏凪渚が大切に思う友を泣かせないで」

渚が大切に思う友とは一体誰か。俺の頭には幾つかの顔が浮かぶ。

俺はヘルになにかを言い返そうとして、それから……。


「——君彦。——ねえ、君彦ってば」


俺の名を呼ぶ声に、意識が一気に覚醒する。

「だいぶうなされてたよ？　大丈夫？」

目の前には、心配そうに俺を覗き込む赤目黒髪の少女。垂れた長い髪の毛を俺は思わず指先で摘まんだ。

「髪、伸びたな」

「いつの話？　寝ぼけてる？」

でもやっぱりあいつとそっくりだ。

俺は「今何時だ？」とだけ訊いて、首と肩をぐるりと回す。少し寝過ぎたか。

「というかお前ら、人の席を挟んでトランプで遊ぶなよ」

俺は両隣に座る二人の探偵を叱る。目の前のシート背面のテーブルには、二人が遊ぶトランプが散乱していた。

今俺たちがいるのは、遥か上空一万メートル。フランスへ向かって飛ぶ旅客機の中だった。腕時計を見ると、離陸してから二時間ほどが経っている。

「せっかくの旅行なのにずっと寝てる君彦の方がおかしいでしょ」

「同意。助手には旅の醍醐味はすでにこの移動から始まっているという意識が足りない」

なぜか渚とシエスタ、二人の探偵に逆ギレされた。嘘だろ、俺が悪いのか？

「相変わらずだな、その良い意味での緊張感のなさは」

たとえこの先に危険が迫っていても、今目の前にある楽しみをふいにはしないその姿勢。かつてシエスタと旅をしていた頃も、渚と二人だった頃もそうだった。彼女たちは今その一瞬一瞬を全力で楽しんで生きている。

「もちろん、いざとなればすぐに切り替えるけどね。今回は事が事だし」

するとシエスタはそう念を押す。

俺たちが今フランスに向かっている目的は、明日に迫った《聖還の儀》に参加するため。だがそこにはノエルたちの言う《未知の危機》が待ち構えている。

一週間前、特にシャルはそれを不安視していた。そして俺が本気で説得をすれば、シエ

スタと渚（なぎさ）は参加を考え直すだろうとも言っていた。しかし結局、俺はその助言を無視する形でこの飛行機に乗っている。それには一つ、大きな理由があった。

「ブルーノさんの身に危険が迫っているのが分かってて、放ってはおけないからね」

そう呟（つぶや）いたのは渚。実は数日前、我らが白銀（しろがね）事務所に差出人不明の手紙が届いた。

そこに書かれていた内容は――世界の知は間もなく亡びる。

これも例の《未踏の聖域（アナザーエデン）》の使者による警告なのか、まったく別の第三者によるものなのか、それはまだ分からない。いずれにせよ。

「この式典で、ブルーノさんの身になにかが起ころうとしている。でも私たちはそれを防ぐ、探偵としてね」

シエスタがそう今回新たに加わったミッションを口にする。

この一週間、俺たちなりに色々とできる準備は重ねてきた。あらゆる事態を想定して、事前に手を打っていることもある。たとえ依頼人がいなくとも、探偵は人の味方であり続けるのだ。そうして今俺たちは、名もなき依頼人が待つフランスへと向かう。

「――やはり変わらないのですね。探偵様と助手様は」

ふと、そんな言葉が俺たちの上から降ってきた。通路側に立って俺たちの会話を聞いていたらしいその女性は、微笑（ほほえ）みながら手元の紙コップにコーヒーを注ぐ。

「飛行機の中での遭遇率は１２０％だな、オリビア」

俺は目覚めのドリンクを受け取りながら、その客室乗務員に軽口を飛ばす。そしてシエスタと渚もまた彼女に「久しぶり」と挨拶をする。

オリビアは、ただの客室乗務員ではない。世界を守る《調律者》がうちの一人《巫女》の使者として、俺たちも何度か関わり合ったことがあった。

「ミアは元気か？　というか、式典には参加するのか？」

元引き籠もりの巫女とは最近会えていなかった。シエスタはちょくちょくオンラインゲームで遊んでいるらしく、たまにボイスチャット越しにミアの声を聞くことはあったが。

「ええ。ミア様も探偵様や助手様にお会いできるのを楽しみにしておられます。つい先日もせっかく皆様に会うからと、新しいドレス選びに勤しんでおられました」

「なにその、めちゃくちゃ健気可愛いエピソード」

渚が思わず笑みを零す。ミアも今年で十九か、大人になった姿を見るのが楽しみだ。

「ミアはもう現地に入ってるの？」

そう訊くのはシエスタ。ミアの拠点は今もロンドンの時計台にあるとは聞いているが。

「ミア様は今お一人で、北欧のとある国でお務めを果たしていらっしゃいます」

「あのミアが、一人で……？」

俺は思わず聞き返してしまう。あれだけ外の世界に出たがらなかった昔のミアを知っている身としては、その変わりようにはさすがに驚かされる。それに。

「お務めと言ったって、ミアにあの能力はもうないんだろ？」

「ええ、確かに今のミア様が《世界の危機》を予言することはございません。ですが、それでもミア様の世界を憂える思いは変わりません。今度はその目で世界そのものを見るのだと、よく旅に出られているのです」

いつかのあなた方のように、と。オリビアはそう言って俺たちを優しく見つめる。

「それにどうやら、ただじっとしているだけでは済まないことがもうじき起きるかもしれませんから」

……ああ、やはりミアたちも知っているのか。未知なる危機が、この式典で起こり得ることを。だからミアは力を失った今も、できる限りの行動を続けている。

「ミアがいないということは、今日あんたがここにいるのは通常業務か？」

「ええ、もちろん客室乗務員としての責務も果たしておりますが……」

するとオリビアは、給仕カートの中に隠していたと思われるアタッシュケースを取り出し、そこに入っていたあるものを俺たちに見せた。

「《原典》です」

まさかのレアアイテムの出現に、思わず固まる。これはノエルの言っていた、《聖還の儀》でお目見えされる予定の最重要書物。それがなぜここに？

「巫女(みこ)様のご指示です。たとえどんな掟(おきて)を破ることになっても、これを必ず君塚(きみづか)様にお渡しするように、と」

「……俺に？　意図が分からないな。運び屋をさせたいってわけでもないんだろ？」

ミアも式典に参加予定だというのなら自分で持ち運ぶか、せめて使者であるオリビアに委ねたままでいるべきだろう。そもそも《聖典》は本来ミア以外が閲覧することを禁じられている書物。いわんや《原典》をや、である。

「ええ、そうです。それでも巫女様はあなたに《原典》を託した。その行為にどんな意味を付与するのかは――」

そうしてオリビアが俺に《原典》を手渡した。

「《×××》であられる君塚様次第ではないかと」

――ガタガタと振動が走り、周りの音を掻き消す。

乱気流によって機体が大きく揺れたのか。一瞬、ふわりと意識が飛んだような感覚に陥り、気付けば俺は《原典》を強く握りしめていた。

「……っ、オリビア、大丈夫か？」

俺は乾いた口で、思わずオリビアにそう尋ねた。

「……？　ええ。わたくしよりも君塚様の方が、その……」

オリビアが不思議そうに俺を見つめている。

「本当、君彦（きみひこ）どうしたの？　なんかすごい汗だけど」

そして渚（なぎさ）も俺を見て首をかしげていた。

俺は額を拭う。一瞬でかく汗の量ではなかった。

「……ああ、大丈夫だ。それよりも今、何時だ？」

「え、ついさっきも訊（き）いてなかった？」

左手の腕時計を見る。飛行機が離陸してから二時間と少し。

テーブルに置かれたコーヒーはまだ冷めていなかった。

「助手？」

窓の外を見ようとしたところ、もう一人の探偵と目が合った。

シエスタは不思議そうに、ほんの少し不安そうに俺を見つめる。それに対して俺はさっきと同じく「大丈夫だ」と返事をした。

「それ、大丈夫じゃない人の台詞（せりふ）なんだけど？」

「飛行機が揺れて怖かっただけだ。手でも握ってくれれば収まる」

「バカか、君は」

「やれ、理不尽だ」

なんだか、このラリーも久しぶりだ。だがそれは、この世界に理不尽を感じる機会が減った表れだと考えると、そう悪いことではない気がした。いや、そもそもバカかと言われない方がいいのか？　こんがらがってきたな。

「悪かった、本当にもう大丈夫だ」

くだらないことを考えていたら、今度こそ少しだけ肩の力が抜けた。

俺は託された《原典》を手持ちの鞄に仕舞い直しながらシエスタにそう言った。


それから十時間超のフライトを終えて、俺たちは目的の空港に辿り着いた。

そして預けていたスーツケースを受け取ろうと待っていたのだが……なぜか俺の荷物だけがいつまで経っても流れてこない。

いつも通りの巻き込まれ体質を嘆きつつ、ようやく手元に荷物が返ってきた時には、すでに渚とシエスタはいなかった。早々に俺に見切りを付け、一足先に滞在先のホテルへ向かっていたのである。

「なんで二人いて二人とも薄情なんだよ。どっちかは優しくあれよ」

そうして愚痴を吐きつつ空港を歩いていた、その時だった。

ふと一人の少女が、背の高い男に話しかけられている光景が目に入った。フランス語でよく聞き取れない箇所も多いが、男はなにやら持っているカメラを指差している。少女を写真の被写体にしたいと言っているのか。

「まあ、モデルにしたくなる気持ちは分かるな」

クールな無表情で佇むそのグレー髪の少女。身に纏っているのは、一際目立つゴシック&ロリータのドレス。そんな彼女は俺の知人……と評して良いかは分からないが、その少女は間違いなくノエル・ド・ループワイズだった。

空港まで迎えに来てくれたのだろうか。とりあえず助け船を出そうと、彼女のもとに近づく。しかしドラマのように「俺の女になにか用か？」と凄むのもなんだか憚られる。

だがそういえば以前、ノエルと「もしも俺が家族だったら……」というような話をしていたことをふと思い出した。だったら。

「あっ」

ノエルが俺の姿に気付く。俺は彼女の前に立ち、カメラを持った男に向かって拙いフランス語でこう言った。

「俺の妹になにか用か？」

◆お兄様も捨てがたい

「悪いな、送ってもらって」

ノエルが用意してくれた車に乗りながら俺は感謝を伝える。

黒塗りの高級車は足を伸ばせるほどに中が広く、シャンパンなども用意されていた。ホテルまではほんの十分、さすがに飲んでいる暇はないだろう。……と思っていたら、ノエルが「どうぞ」とグラスを差し出してくる。一杯だけ失礼するか。

「式典の大切なお客様をお迎えに上がるのは当然ですから」

ノエルは相変わらずドールのように、大きく表情を変えることはないものの、口元には優しい微笑が浮かんでいる。他の政府高官どもは全員、ノエルの爪の垢を煎じて飲んでほしい。あとはついでにシエスタと渚もだ。あっさり置いて行きやがって。

「それに感謝するのはこちらの方です。先ほどはありがとうございました――兄さん」

俺は飲んでいたシャンパンを吹き出した。

「わ、大丈夫ですか？　申し訳ございません、お口に合いませんでしたか。ドライバーさん、至急ぶどう畑へ」

「大丈夫だ、それよりホテルに向かってくれ。ぶどうの収穫も熟成もしなくていい」

俺は吹き出してしまったシャンパンをハンカチで拭き取る。

「ノエル、誰が誰の兄さんだって？」

「えっと、なにかおかしなことがありましたか？」

おかしなことだらけだ。

やれ、空港で咄嗟に口走ったことが悔やまれる。なにが怖いかと言えば、この呼び方をシエスタや渚の前でされないかということである。

「どうやらお気を悪くさせてしまったようですね。申し訳ありません」

するとノエルは恭しく頭を下げ「それでは、これならどうでしょう？」と俺の目をまじまじと見つめる。

「お兄ちゃん」

「うっ」

俺は心臓発作で倒れた。

『バカか、君は』

脳内にシエスタまで出てきたため末期である。

「ふふ、すみません。妹ジョークです。お許しください」

ノエルはなるべくいつもの真面目な表情を崩さないようにしつつも、足は無意識だったのか時折ぱたぱたと動いていた。

「それで、君彦様」

「もう呼び方戻すのか？」

「例の件について、少しだけお話しさせていただけませんか？」

ジョークタイムは終わったらしい。そして例の件と言われて思い浮かぶのは一つだけ。

「ブルーノのことか」

数日前、うちの事務所に届いた謎の手紙――世界の知は間もなく亡(ほろ)びる。そのことについてはノエルにもすぐに共有していたのだが、まだ深く話し合えてはいなかった。

「実は、俺たちもまだ分からないことだらけでな。この件については十分に調べられてはいないんだ」

「……そう、ですか。いえ、仕方ありません。本来これは《名探偵》様のお仕事ではありませんから」

シエスタや渚が当初受けていた指令はあくまでも《未知の危機》を切り抜け《聖還の儀》を無事に開催させること。ブルーノの件は予期せぬ出来事だった。

「でも本当にブルーノが《聖還の儀》でなにか危機に晒(さら)されようとしているなら、うちの探偵はそれを見過ごしはしない。役職がどうとか使命がどうとか、そんなのは関係ない」

その決意については、行きの飛行機でも語り合ったばかりだった。

「ノエルの方はどうだ？　ブルーノの身を守る方法についてなにか案は？」

「ええ、本音を言えば《聖還の儀》の開催自体を中止にするのが一番安全だとは思います。……ですが、これは現実問題として難しいです。《連邦政府》は一刻も早く《聖還の儀》を開催し《原典》を燃やすことで、世界に平和を実現したいと考えているので」

それは最初にノエルに会った時にも聞いた話だった。《原典》を燃やし、《巫女(みこ)》の能力を神に返還することで、永久的に世界の災厄を収束させるのだと。

「改めて訊くが、本当なんだよな？　《聖還の儀》が無事に執り行われれば、金輪際《世界の危機》は起こらなくなるんだよな？」

それは、たとえば《原典》の所持者であるミアには感覚的に理解できるものなのかもしれない。しかし当事者でない俺は、その言説をあくまでも伝聞の情報として受け取るしかないのだ。

「……ええ、間違いありません」

少しだけ、ノエルの瞳が揺れた。

「過去、数千年の記録によっても実証されております。今回この《聖還の儀》が無事に終われば、君彦様や探偵様が今後《世界の危機》に巻き込まれることは絶対にありません」

それを聞いた瞬間、なぜノエルが一瞬言い淀んだのか、なんとなく分かった気がした。

過去、数千年の記録による実証。つまりこれまでの歴史上でも《聖還の儀》が開催されたことはあるのだろう。にもかかわらず今、再び《聖還の儀》を開催しようとする意味があるとすれば、それは……。……いや、今重要なのはそこではない。俺の知りたい情報は十分聞き出せた。今は「そうか」とだけ返事をしておき、話を続ける。

「じゃあ、ブルーノだけでも参加を辞退することはできないのか？」

この《聖還の儀》は招待制、ブルーノにも拒む権利はあるはずだ。

「わたしも叶うならば、そうしてほしいという気持ちはありました。しかし……」

その先に続く言葉は分かる、ブルーノに断られたのだろう。

だがブルーノの立場を考えればそれも理解できる。元々シエスタや渚(なぎさ)に《未知の危機》と戦うことを要請しておきながら、自分だけ身の危険を感じたからといって戦場から離脱することは憚(はばか)られるに違いない。

「せめて、敵の要求がもう少し分かりやすければ助かるんだけどな」

そうすればまだ交渉の余地や立てられる作戦もあるはずだ。しかし《未踏の聖域(アナザーエデン)》の使者たちが《連邦政府》に要求している「あるもの」の正体が俺たちには分からない。

「……実は、少しだけ噂(うわさ)には聞いたことがあります」

「噂？」

「ええ。かつて《連邦政府》の高官たちは、とある重大な機密をパンドラの箱に隠したのだと。しかし今その機密の正体を知る者はおらず……ただ《未踏の聖域》の使者はなんらかの方法でそれを知ったのではないかと」

高官になって初めて聞いた噂です、とノエルは言った。昔から《連邦政府》がひた隠しにしているという重大な機密。敵はその事情も知った上で脅しを掛けている。

「わたしはどうすべきなのでしょう。どうすれば、世界とおじい様を守れるのでしょう」

それからノエルは自嘲気味に呟(つぶや)く。

ノエルのその悩みは、彼女の複雑な立場によるものだろう。まず《連邦政府》高官としては、元《調律者》たるブルーノにも《未知の危機》と戦ってもらう必要がある。それが彼らの作ったこの世界の正義のシステムだからだ。

だがノエルはブルーノともう一つの関係を結んでいる。それは——家族。ノエルがその関係を大切に思っているならば、彼女がブルーノに式典を辞退してほしいと願う気持ちがあるのもまた当然だった。

「ノエルにとっては、それだけブルーノの存在が大きいんだよな」

「……ええ。おじい様だけがわたしの味方で、家族でしたから」

それからノエルはぽつりと自らの生い立ちを語り出した。生まれは十五年前、《連邦政府》と関わりのあるフランス貴族《ループワイズ》の末裔であること。しかし彼女は、時のループワイズ家当主が邸宅で働くメイドとの間に作った子であったこと。ノエルの母親はすぐに屋敷を追い出され、父親やその本妻も彼女の誕生を疎んだこと。

「わたしはずっと、ループワイズ家でいないものとして扱われました。誰もわたしに話しかけない、誰もわたしの問いかけに答えてくれない。祖父母も、両親も、兄も、使用人すらも。あの家でわたしは透明人間だったのです」

「それを救ったのが、ブルーノだったのか」

ノエルは車窓を眺めながら、「ええ」と少しだけ微笑む。

「十年前のある日、おじい様がわたしをあの家から救い出してくださいました。誰とも喋ったことのなかったわたしに言葉をくれて、笑い方や怒り方を教えてくれて、透明だったわたしを人に戻してくれました」

ノエルとブルーノの関係性は、俺が勝手に測れるものではない。しかし二人の間には、二人にしか分からない十年分の絆があった。俺と探偵の少女がそうであったように。

「だけど、一年前からまたわたしは一人です」

ノエルの沈んだ声は、車のクラクションに掻き消されることなく俺の耳に届く。

一年前、ノエルとブルーノの養子縁組は解消された。その二年前から姿を消したという兄に代わって《連邦政府》の高官として働き始めてはいたようだが、その後正式にブルーノとの養子縁組も解消され、完全にベルモンド家からは離れたわけだ。

「時折、二人だけの食事会を開いてくださるのも、きっと本当は……む？」

ノエルの両頬がしぼみ、唇がすぼむ。俺が右手で頬を摘まんでいるからだ。

「せっかく笑い方を教えてもらったんだろ？　師匠の教えは守るもんだ」

俺は「むぐ」と唸るノエルの口角をぐいぐいと押し上げる。

「もう一度、ブルーノと話してみよう」

俺がそう言って手を放すと、ノエルははっとしたように目を丸くする。

「まだできることはあるかもしれない。使命として世界を守りながら、家族としてブルーノのことも守れる方法を、もう少し一緒に考えよう」

今のノエルに、ブルーノを失わせるわけにはいかない。

使命と利己の狭間で揺れる彼女は、まるで誰かを映す鏡のように見えた。

◆作戦開始

それから間もなく、送迎の車は目的地へ辿り着いた。

俺はノエルと一旦別れ、手配してもらったホテルに入り、エレベーターで上に昇る。

到底、普段は泊まれないような豪華なリゾートホテル。その三十五階の部屋をノックすると、シエスタが「あ、やっと来た」と俺を出迎えた。

「……薄情者め」

「違うよ。私は、たとえ君がどんな困難に遭ってもきっと乗り越えると信じていたから、先にホテルに来ていただけ」

やれ、物は言いようだな。

スーツケースを引きながら中に入ると、そこはまさにスイートルームといった作りで、ベッドルームとは別にリビングが広がっていた。そしてそこでは探偵二人によるティータイムが繰り広げられていたようで、テーブルには茶菓子やポットが置かれている。

「あれ、君彦もこの部屋に泊まるの？」

やれやれと椅子に座った俺を見て、正面にいた渚がぱちぱちと瞬きをする。

「ああ、三人一緒の部屋でいいってノエルに言ったからな」

「身の危険を感じるなあ～」

「身悶えしながら言うなよ」

「してないじゃん！」

そんな楽しい会話をしていると、シエスタがカップを持ってやって来る。

「君も紅茶飲むでしょ？」

「あー、いや、水で大丈夫だ」

俺は置いてあったミネラルウォーターのペットボトルを手に取る。

「……そう」

するとシエスタはなぜか、少しつまらなそうにしながら俺の隣に座った。

「というか君、お酒飲んでる？　アルコールの匂いがするけど」

「さっき送迎の車でノエルに勧められて一杯だけな」

「私には散々飲むなって言う癖に」

それは自業自得だった。なにせこの探偵は酒で大失敗した前科がある。

「あれ、ノエルに会ったんだ。ということは、なにか例の件も話した？」

渚がチョコレートを口に放り込みながら訊いてくる。

「ああ、やっぱりブルーノは式典の参加を辞退するつもりはないらしい」

「……そっか。じゃあ尚更《聖還の儀》に備えてしっかり準備しないとね」

「だからこそノエルも私たちを頼ったんだろうからね。他の《調律者》は、ほとんど連絡が取れていないみたいだし」

そう、シエスタの言う通り、前線で戦えるタイプの元《調律者》は今や《名探偵》しかいない。それも二人のうち、シエスタだけだ。

「ん、なに？」

俺の視線に気付いたのかシエスタが小首をかしげる。

「いや、せめてシャルがいればと少し思ってな」

「あの子は今、別の任務中だからね」

そう、一週間ほど前《聖還の儀》に参加するか否か迷いを見せていたシャルは結局、不参加を決めたらしい。だがそれは、エージェントである彼女にとって後ろ向きの理由ではなく、他に重要なミッションができたということだった。

「あいつが今なにをやってるのか、シエスタも知らないんだろ？」

「うん、でもそれでいいんだよ。シャルは」

シエスタはどこか遠くを見つめるように言う。その横顔は少しだけ誇らしげに見えた。

そうだ。シャーロットはもう、探偵の背を追うだけのエージェントではなくなったのだ。

「唯ちゃんは海外公演の準備、頑張ってるかな」

渚がスマートフォンを見ながら呟く。確かライブの本番は明後日のはずだった。

「ちなみにさっき『今なにしてる？』ってメールしたら『彼氏面しないでください』って返信が来た」

「唯ちゃん切れ味鋭すぎでしょ」

と、そんな会話をひとしきり終えて。

「それで、シエスタ。これからどう動く？　いずれにせよ、もう少しブルーノとは話さないといけないとは思うが」

「現段階で私たちがすべきなのは、たとえ《聖還の儀》が何者かに襲撃されたとしても、その被害を最小限に食い止められる準備をしておくことかな」

するとシエスタがスマートフォンを見ながら今後の方針を語る。

「あれ、でもこの作戦って助手にはまだ共有してないんだったっけ？」

「あたしも一つ保険というか準備してることはあるんだけど……今はいっか」

「おい、お前ら。スマホいじってないで俺にも教えてくれ」

確かに最近、チームとしてスタンスを統一しない方がかえって上手くいくという例もあると学んだばかりではあるが。

「まあ、いざとなれば俺だって奥の手はあるんだけどな」

「わあ、それは良かったね」

シエスタ、そのいなし方は割と傷つくぞ。

「でもさ、最終的な判断を下す人は必要かもね」

そう声を上げたのは渚だ。確かにいくら作戦や準備を整えていたとしても、いざという時に決断ができなければ意味がない。

「助手でいいんじゃない？」

が、意外にもシエスタがそう提案してくる。俺と渚は揃って首をひねった。

「今思えば、《調律者》の権限を取り戻すことも、《聖還の儀》に参加することも、《未知の危機》に挑むことも、全部私と渚が決めてしまったから。だから、次こそは君の番。最後の指揮権は助手に任せるよ」

シエスタはそう言って、俺の頬を指先で何度か突っついた。

「信頼の証だよな？　責任を押しつけられただけじゃないよな？」

俺が苦笑していると、ふとスマートフォンに何通かのメールが届いた。

「……ああ、なるほど」

二人の探偵とそれぞれ一瞬だけ目が合う。

作戦はすでに始まっていた。

◆エデンの使者

それから太陽が三十度ほど傾いた後。

「綺麗～！　映画の世界にいるみたい！」

河川を進む小さな船の上。夕陽の溶ける街並みを眺めながら、渚がうっとりとため息を零す。ホテルの部屋で一息ついた後、俺は渚たちとパリの景色を一望できるセーヌ川のクルージングツアーに参加していた。

このツアーでは小一時間の遊覧で、エッフェル塔やアレクサンドル三世橋を水上から眺めることができる。だがある事情で間もなくこのツアーは廃止になるらしく、俺たちはギリギリこの映画のような景色を眺めることができていた。

「映画みたいな経験は嫌というほど味わってきたけどね」

そしてシエスタも甲板に立ち、中身はジュースのワイングラスを片手に物思いに耽っている。彼女の言う通り、スパイアクション映画も、B級ＳＦ映画も、もちろん探偵映画も、俺たちはあらゆる銀幕で主演を張ってきた。

「ラブロマンスだけはなかったけど」

「そうだね。でもそれは主演のせいかも」

すると渚とシエスタが、なにか言いたげに俺を見つめてくる。

「理不尽だ」

俺はここしかないだろうというタイミングでそう不満を漏らし、ワインを飲む。

口の中に沁みる渋さは、コーヒーとはまた違う味わい深いものだった。

「やはり皆様、すごく大人でいらっしゃいますね」

俺たち三人を見ながらそう呟いたのはノエル。この貸し切りツアーをセッティングしてくれていたのは彼女だった。

「きっとわたしでは想像もつかない出来事を何度も体験して、乗り越えて、三人にしか理解できない特別な関係を築いているのだと分かります」

そう言われて、俺たち三人は顔を見合わせる。表情は三者三様。シエスタは澄まし顔の中にも誇りがあって、渚は満足そうにしながらも苦笑を浮かべていて……俺の顔は二人にどう見えているのだろうか。

「そういう皆さんの関係を日本語ではなんと言うのでしたでしょうか。確か、三すくみではなくて……あっ、三角関係でした」

「そろそろ本題に入るとして」

俺はノエルが発した不穏なワードをシャットアウトし、この場にいるもう一人の人物に目を向けた。

「やっぱり明日の式典を辞退するつもりはないんだよな、ブルーノ」

ハットを被（かぶ）ったその老紳士は、俺たちから少し離れたところでワイングラスを片手に河川を眺めていた。ブルーノをここに呼んだのもノエルだ。

「ああ。君たちを戦場に立たせておきながら、私一人だけが木陰で読書をしているわけにはいかないだろう」

そして聞いていた通り、ブルーノはあくまでも自分の使命を優先しようとする。

「ここで敵に屈すれば正義の名折れ。いかような脅迫にも私は屈しない」

「おじい様……」

ノエルはそんなブルーノを心配そうな眼差（まなざ）しで見つめる。

「心配はいらない。それに《未踏の聖域（アナザーエデン）》の使者が《連邦政府》を狙っているとすれば……ノエル、君とて危険なことに変わりはない。そうだろう？」

「それはそうですが……おじい様は唯一、敵に名指しをされているわけです。最も警戒し、その理由を探ることは急務だと思います」

ブルーノとノエルは互いを心配し合うようにぶつかり、しかし妥協案は降りてこない。

「でも、ノエルの言う通りかもね」

そんな二人の話し合いに交ざったのは渚だった。

「どうして《未踏の聖域》の使者は、ブルーノさんだけを個別に狙うんだろ。《連邦政府》に与（くみ）している人間は他にもいるでしょ？」

確かにそうだ。《連邦政府》と協力して《未知の危機》を追い払おうとしているのは、それこそここにいる二人の探偵も同じのはずだった。

「いや、そもそもだが、君たちの受け取った手紙というのが《未踏の聖域（アナザーエデン）》の使者からのものとは私には思えなくてね」

しかしブルーノはその前提を一度ひっくり返す。

「彼らはこれまで手紙のような媒体で《連邦政府》にアクセスを試みたことはないと聞く。そうだったな、ノエル？」

「……ええ。簡単に言えば電気工学における意味での『信号』によって、わたしたちでも理解できる言語として彼らのメッセージが電子端末に送られてくるのですが、どうやってもそのプログラムが解析できないのです」

なんだか頭が痛くなる話だが、つまりは《未踏の聖域》からの通信は、どこから送られてきたのかログを辿（たど）ることもできないということか。そういえばこの前もそんな話をしていたが、ともかく《未踏の聖域》の住人らはそれだけ未知の技術力を持っているらしい。

「じゃあやっぱり、あの手紙を寄越（よこ）したのはまったく別の第三者ということだね」

するとシエスタは最初からその可能性が高いと踏んでいたのか、納得したように頷（うなず）いた。

「ああ。しかし、私を狙う敵が何者であるかは関係ない。《大災厄》が終わろうともこれまで一縷（いちる）の警戒も怠ったことはなく、正義の灯（ひ）を消したこともない。どのような巨悪が来ようと迎え撃とう」

ブルーノはそう口にして雄大な河川を眺める。水面には数羽の野鳥が飛んでいた。

「雨が降りそうだね」

それからシエスタが空を見上げることなくそう言った。

「雨？　雲は厚くなさそうだけどな」

「鳥が水面の近くを飛んでるでしょ。湿気で羽が重くなった虫を食べるためだよ」

……なるほど。事実これまでも、シエスタの分析に基づいた直感は大抵当たってきた。

これから一雨来るなら、早めにツアーを切り上げた方がいいかもしれない。

「それになにより、古い傷が少しだけ痛む」

そしてシエスタが左胸を手で押さえる。

俺が彼女のそんな仕草に目を向けた、次の瞬間のことだった。

雨よりも先に「そいつ」は到来した。

『――ナゼ　私タチノ　要求ガ　理解デキナイ』

俺たちの数メートル頭上、船の帆柱。

ほとんど足場のないそこに、カラスを模したマスクを被(かぶ)った何者かが立っていた。

「君彦(きみひこ)、あれって……」

「……ああ。下がってるぞ」

俺はそいつの正体をおおよそ悟り、渚と共に一度後ろへ退く。

『レンポウセイフ　チョウリツシャ　応答セヨ』

やがて赤いローブを羽織ったそいつは首を九十度に捻りながら、機械音のような声で話しかけてきた。意思の疎通を図ることはできるらしい。

「あなたは誰？」

するとシエスタがそいつへマスケット銃を向けた。動揺も焦燥もない。ただ昔と同じように、今自分の果たすべき役割を果たす。だがそんなシエスタの前にそっと手をかざし、一度落ち着かせようとする人物がいた——ブルーノだ。

「貴殿が、かの《未踏の聖域》の使者か？」

ブルーノは努めて冷静にそのカラスマスクの人物へ尋ねる。

『オ前タチノ　呼ビ名ニ　意味ハナイ』

それは言外にブルーノの問いを肯定しているように聞こえた。そして。

『私タチハ　タダ　世界ノ秘密ヲ　欲シテイル』

未知の世界からやって来たその使者は、あえて俺たちの理解できる言語を用いて交渉を図ろうとしてくる。世界の秘密——それが《連邦政府》に対して、奴らが譲渡を要求しているものだろう。……しかし。

「それだけでは、まだ分かりません」

ノエルが一歩前に出てカラスマスクに応じる。

「《連邦政府》はあなた方のすべてを拒絶しているわけではありません。ただ、その『世界の秘密』というのが一体なにを指しているのか、わたしたちには分からない」

だから交渉のしようがないのです、とノエルが訴える。

『ナゼ』

するとカラスマスクは再び首を、反対方向に折り曲げる。

『ナゼ　分カラナイ　ナゼ　忘レタ』

次の瞬間、耳の奥に不快な音割れのようなノイズが走った。思わず耳を塞ぎ、それから瞑(つぶ)っていた目を開くと、船の周りの水面に大量の魚と鳥が浮かんでいた。

「――ッ、ノエル下がって」

シエスタが前に出て、帆柱に立つカラスマスクへ銃口を向ける。

「忘れたとはどういうこと？　最初から知らなかったわけではないの？」

『撃ッテミロ』

その挑発にシエスタは一瞬顔を顰(しか)めるも、引き金を引く。目では追えない速度の銃弾、だがその一撃は敵を捉える寸前で止まり――忽然(こつぜん)と消える。まるで次元の裂目にでも吸い込まれたかのように。

『交渉ハ　打チ切リダ』

やがて聖域の住人は機械的にそう言い切ると、その場を立ち去ろうとする。

「待って」

再びそう鋭く言ったのはシエスタだった。

気付けば雨がぽつり、ぽつりと降り出している。

「あなたの仲間に伝えて。今のままじゃ、あなたたちの要求はどうやっても叶わない。まずはあなたたちのゴールを考えて、そしてそれを私たちに伝わるように教えて」

もう銃は構えていない。

だがその探偵は未知なる敵に対して、どんな武器よりも苛烈に、激情的に言い放った。

「今はまだお互い戦いの土俵にも、交渉のテーブルにもつけていない。それなのにあなたたちが一方的にこの世界や仲間を傷つけようとするなら、不可侵の掟なんて関係なく、聖域にでも地獄にでも乗り込んで私は戦う——必ず」

その宣言を聞きながら、カラスマスクは大きな虚空の黒い瞳でシエスタをじっと見つめる。だがその大きな嘴からなにか言葉が発せられることはなかった。

◆無知の王

俺と探偵には昔から続くとある習慣がある。それは事件を一つ解決したら、アフタヌーンティーや美味（うま）いディナーで労をねぎらうこと。その会話の中で事件を振り返り、反省をし、次の課題として学びとするのだ。

しかし俺たちもより大人になり、その儀礼も少し形を変えた。食後に飲んでいた紅茶やコーヒーは、時にワインやカクテルになったのだ。いずれにせよそれは探偵と助手にとって大切なコミュニケーションの一環であり、そうして今もダイニングバーを訪れていたのだが……。

「はあ、結局なにしに来たんだろ、あのカラスマスク」

ビールのジョッキをテーブルに置きながら渚（なぎさ）がため息をつく。

二時間ほど前、小型クルーズ船に現れた《未踏の聖域（アナザー・エデン）》の使者。結局奴（やつ）はあれからすぐに立ち去り、後に残された俺たちはどうすることもできず解散となった。そうして俺、渚、シエスタの三人は、事件を解決できていないものの、このもやもやした鬱憤を晴らすべくこのバーを訪れていた。そしてグラスを傾けているのは渚と俺だけではなく……。

「メロンは野菜だって言う人がいるけど、私は果物だと思うんだよね。昔ある有名なコメディアンが、マヨネーズでいけるのが野菜、いけないのが果物だって言ってて、試しに私もメロンにマヨネーズをかけて食べてみたらすごく美味（おい）しかったから、結局メロンは野菜なんだよ？」

赤いワインの入ったグラスを片手に、そんな支離滅裂なことを言う白髪の探偵、シエスタ。上気した肌にとろんとした目。やはりテンションはいつもより少し高い。

酒を飲むと大体こうなってしまうシエスタには、アルコール禁止令を出していたのだが……一瞬俺と渚が目を離した隙にワインを口にしており、気付けばこの有様だった。

「ねえ、助手。聞いてるの？」

シエスタは口を尖らせながら俺に絡んでくる。

「ああ、シエスタが好きな果物ランキングだろ。早くベスト三を教えてくれ」

酔っ払いを適当にいなしながら俺は水を飲む。あまりアルコールを入れ過ぎても、我ながら余計なことをしでかしそうだった。

「……なんか適当だね。なに、私と飲んでて楽しくないわけ？」

するとシエスタはさらに不機嫌な顔になって俺を睨む。

「さっきからずっとつまらなそう。私がなに話しても、ずっとそんな感じ」

やれ、昔の酔ったシエスタならこれぐらいのあしらい方でも陽気に笑っていたはずだが、さすがに少しは酒に強くなっていたらしい。そこまで態度に難を出していたつもりはなかったが、気付かれたか。

「クルーズ船でのことだが」

俺はグラスを置き、シエスタからは視線を外しながらこう訊く。

「最後、なんで敵にあんなことを言った？」

「……なんのこと。よく覚えてない」

わざと惚(とぼ)けるということは、はっきり覚えている証拠だ。

シエスタはあのカラスマスクに対して、世界や仲間を守るためなら不可侵の掟(おきて)を破ってでも聖域に乗り込んで戦うと宣言した。そして今なお俺の中でくすぶっているフラストレーションの一番の原因はシエスタのその発言だった。

「明日の《聖還の儀》が終われば、シエスタも渚も《調律者》は卒業だ。これ以上《未踏(アナザー)の聖域(エデン)》に関わる必要はない」

「その《聖還の儀》が無事に終わるかどうかが分からないでしょ。あのカラスマスクたちが企(たくら)む《未知の危機》が解決しない限り、私はずっと戦い続けるよ。——君はそれのなにが不満なの？」

シエスタがミネラルウォーターを飲み干して言う。

グラスの氷が、からんと鳴る。もうシエスタも冷静になっているはずだった。

「それをシエスタがやる意味は？」

「私は《名探偵》だから」

「厳密には今も職務代行だろ」

「ただの探偵でもやるよ」

「っ、どうしてそこまで」

短い言葉の応酬、お互い酔いは覚めている。けれど沸き立つ熱は冷めなかった。

「君たちだって、そうしてくれたから」

シエスタが青い瞳を俺に向ける。

だがすぐに目を逸らし、続けてこう口にした。

「君たちだって昔、自分の命を賭けて私を救おうとしてくれた。だから私も同じことをするだけ」

役職や使命なんて関係ないとシエスタは言う。

「もしも私の大切なものが傷つけられようとしたその時は、私もまた全力で戦う。そして守る、君たちのことを」

そうしてシエスタは口を噤んだ。

俺たちの沈黙を埋めるのは、ダイニングバーに流れる静かなＢＧＭと、他の客の話し声。

シエスタとこういう言い争いをしたのは久しぶりだった。

「はい、そこまで」

やがてその静寂を完全に破ったのは渚だった。

パン、と柏手を打ち、張り詰めていた空気を緩和させる。

「あとついでに、えい」

ゴン、と鈍い音が鳴る。

俺とシエスタの頭部に、渚がげんこつを落とした音だった。

「痛って！　渚、お前……！」

「……痛い、ひどい、どうして」

しかし渚は俺とシエスタの非難の視線にも折れず、大きくため息をつく。

「二人まとめて倍殺し。どう、少しは冷静になった？」

……それが目的なら最初の柏手だけで十分だった気はするが、やれ。

「悪かった。ちょっと飲み過ぎたみたいだ」

アルコールのせいということにしてくれ、と俺は渚にまず謝る。

「私もごめん、渚。今回は助手のせいということにしといて」

とことん酷い女だった。俺が半眼で睨むとシエスタはツンと顔を背ける。

そんな俺たちを見て渚は「はあ、もう」と再び吐息を漏らす。そして。

「でも、二人とも結局そこなんだよね」

と、天井を見つめながら小さく零した。

「ん、シエスタ。ホテル戻ろう。立てる？」

それから渚はシエスタに手を貸しながら、この場を後にしようとする。

「俺だけ置いていくつもりか？」

「このまま顔合わせてても、また喧嘩になるだけでしょ。一回、お互い距離置いた方がいいよ」

それに、と渚はこう付け足す。

「君彦はこれからもう一つ、仕事があるでしょ？」

……ああ、そうだった。それはシエスタに頼まれていたある仕事。俺はこの後のことを考えて、一人バーカウンターの方へと席を移った。

「じゃあ、渚。シエスタのこと頼む」

俺がそう言うと、背を向けたままのシエスタは一瞬反応したものの、振り返りはせずにそのまま渚と帰っていった。

「白昼夢のあのような姿を見るのは私とて初めてだ」

一体いつからそこにいて俺たちを見ていたのか。先ほどと同じスーツ姿の老人は、三つ離れたカウンター席でウイスキーを飲んでいる。

ブルーノ・ベルモンド、俺の待ち人だった。

「待ち合わせの時間に少し早く着き過ぎてしまってね。君たちの楽しげな宴を肴に飲ませてもらっていた」

ブルーノは目を細めて微笑む。俺が一人ここに残ったのは、彼ともう少し話さなければならないことがあったからだった。しかし、まさかずっと見られていたとは。

「悪かったな。変な内輪揉めを見せて」

「いやいや。確かにあのように感情を発露させる彼女の姿は新鮮だったが、それは誤魔化しの利かぬ相手との本気のやり取りであったがゆえなのだろう。それが間違いであるはずがない」

そう言いながらブルーノはグラスをカウンターに置く。いつの間にか店内から他の客は消えていた。耳に心地好いジャズだけがバックグラウンドで流れる。

「さて、それではそろそろ私がここに呼ばれた理由を訊いてもいいだろうか。秘密の会談ということだが」

ブルーノはウイスキーを飲み干すと、幾つか席の離れた俺に目を向けた。

「ああ。ブルーノ、あんたはなぜそこまで《未知の危機》と戦うことにこだわる？」

結局その問いは、さっき俺とシエスタが口論になった原因でもあった。

今またそれをブルーノに尋ねるというのも変な話に思える。だがその答えを聞き出すことが俺の……助手としての仕事だった。

「なぜそれを今さらここで？」

「ノエルがいると答えにくいこともあるかと思ってな」

家族だから。信頼できる相手だからこそ、簡単に言えないこともある。

少なくとも俺がそうであるように。

「《調律者》として。正義の味方として当然の務めだ、という答えでは納得できぬか？」

「ああ、俺はあんたのプロフィールが知りたいわけじゃないんだ」

身分や肩書きや経歴だけでその人物を知った気になってはいけないと、つい最近も仕事で学んだばかりだった。

「——遠い昔、旅をしていた」

するとブルーノは俺の説得に折れたのか、正面を向いたままに語り出す。

「まだ若き日、ジャーナリストとしてこの世界を知るために出た放浪の旅。その中で私はある国の文化を気に入り、長い年月をその場所で過ごした」

それは百余年生きてきた、碩学(せきがく)の情報屋の過去。俺はそれにじっと聞き入る。

ブルーノによればそこは小国ながらもエネルギー源が豊富であり、経済的にも恵まれた国だったという。

「だがその豊かさは、侵略者にとって格好の餌ともなる。やがて周囲の軍事強国はその小国に対して次々と不平等条約を結ばんと迫った。それに対して小国の王は、民を守るためには致し方ないと言い渡された条件をすべて飲んだ」

ブルーノは、小国のその方針に反対だったという。だが当時はただの一ジャーナリストであり旅人でしかなかった彼に、国を動かす力は当然なかった。

「だが私の予想に反して、かの小国の平和は守られた。確かに昔ほど豊かではなくなったが、少なくとも戦火が民を襲うことはなかった。王の英断によって国は守られたのだ」

ゆえに私は恥じた、とブルーノは呟く。

安易に国の豊かさと人の命を天秤に掛けようとしたことは誤りだったと。そうして小国の王は民に愛され、幸福なまま寿命を迎えたとブルーノは語った。

「それはどこの国の話なんだ？」

ハッピーエンドで終わったその物語の、後日談が気になった。

「名はないさ」

ブルーノはさらりと言う。

「もう今この世界に、その国の名はない。かの王が死んでから十五年後、経済が崩壊したその小国は、当時の同盟国らによって割譲され地図から消えた」

それはブルーノの年齢を考えれば、恐らく今から百年近くも昔の話。常識的に考えて、実体験としてこのエピソードを語れる人物はもうこの世にいないだろう。それはブルーノだけが語れる真実の物語だった。

「偉大な王は、なにも知らぬまま死んだ。民に愛されたまま、己の罪を知ることなく散っていった」

遠い日を微かに思い出すように、ブルーノは目を細める。それに対して俺はまだかけるべき言葉が見つからなかった。

「これは必ずしも武器を取って戦うべきだという話ではない。ただ我々は世界を守る方法を模索しなければならない、その不断の努力を怠ってはならないのだ」

言うべき言葉は見つからない。それでもブルーノのその哲学が、間違っていないことだけは俺にも分かった。

「そして今、再び世界が転換点を迎えるのであれば、我々は意思を持たなければならない。此度(こたび)の《聖還の儀》で、我々は世界を守る決意を示さねばならないのだ。たとえ《未知の危機》がそれを妨げんと画策しようとも」

それがブルーノ・ベルモンドの決意。肩書きやプロフィールは関係ない、彼がこれまで生きてきた歴史によって確かに紡がれた大いなる意思だった。

「ゆえに少年。私よりも、ノエルのことを気に掛けてやってほしい。古老の残り短き人生よりも、未来ある若人(わこうど)を守ってくれぬか?」

ブルーノはそう俺に依頼をする。俺は探偵ではない、でも人だった。人としてその願いを聞き入れないわけにはいかなかった。——ただ。

「ノエルもブルーノも救う、それじゃダメか?」

傲慢にも俺はそんな提案を口にする。

もしも今ここに、俺の相棒たちがいたらそう言うのではないかと思ったからだ。

「あんたの言う通り《聖還の儀》は行われるべきだ。その開催は俺や探偵が保証する。だから明日のことは俺たちに任せて、ブルーノは安全な場所に避難してはくれないか？」

そう言いながら俺は、鞄からあるものを取り出した。

「この《原典》は必ず《聖還の儀》に持って行く」

「……そうか、巫女の少女に託されていたか」

すべての未来を見通す《巫女》ミア・ウィットロック。そんな彼女が俺にこの本を委ねてくれた。明日の運命の手綱を俺に握らせてくれたのだ。

「だが《巫女》はすでに力を失った。真に未来を予言できる者はこの世界に存在しない」

しかしブルーノは答えを曲げず首を振る。

「そのような不安定な未来で、望む明日を実現できると思うか？」

「でも、あんたは未来の代わりに世界のすべてを知ってるだろ？」

俺がそう言うと一瞬の沈黙があった。だが一瞬は、一瞬。

「ああ、確かに。私は知っている、すべてを知っている。しかし、知っているだけだ。必ずしも正解を引き出せない、時には誤った答えを出すことさえあるだろう」

ブルーノは自らの立場と能力を冷静にそう分析する。知っているだけでは、データが揃っているだけでは、自分一人で答えを出せないこともあると。

俺の場合は——そんな時に正しさを示してくれる存在が隣にいた。ずっと昔に遡れば、俺の師匠を名乗るある男がそうだった。その後はシエスタが。彼女がいなくなった後は渚が。そして今は多くの仲間たちが、俺と一緒に答えを探してくれる。

でも、ブルーノは。全知であるはずの彼が、もしもなにか答えを間違えてしまったら。そんないつかが訪れてしまったら、その時は。

「もしもいつか私が間違えた答えを出したなら、同様にそれを正す者もまた現れるだろう。世界はそうやって調律される」

ブルーノは残っていたウイスキーを飲み干しそう言った。

「世界の知を正す者、本当にそんな存在が生まれると？」

「ああ。そういう存在のことをなんと呼ぶと思う？」

その問い返しに、俺はすぐ気の利いた答えを出せない。

するとブルーノは愉快そうに笑いながら立ち上がる。

「はは、私が知るはずがないだろう。私の存在を超えた者のことなのだから」

そうして杖をつきながら、ブルーノは一人立ち去った。

酒は俺たちを人に戻す。

探偵も賢者も、乙女も古老も等しく皆。

そして誰もいなくなり、俺も帰ろうかと立ち上がったその時、カウンターに置いていた俺のスマートフォンの画面が光った。それはメッセージアプリの通知メッセージ――渚からだった。

『帰ってきたらちょっと話さない？』

俺はそれに返信しようとスマートフォンを手に取る。が、そのタイミングで、非通知の電話が鳴った。

「偶然が重なるな」

渚からのメッセージに返信するか、それともこの電話に出るか。

逡巡（しゅんじゅん）した後、俺は――

◆たとえ正義が死のうとも

迎えの車から降りた先。辿（たど）り着（つ）いたのは神殿か、あるいは遺跡のような場所だった。屋根はなく月明かりが煌々（こうこう）と差し込むその建物には、あちこちに蔓植物（つるしょくぶつ）が巻き付いている。壁や柱も所々崩れているものの、元は荘厳な造りだったことが窺（うかが）えた。

夕方から降り続いていた雨はいつの間にか止（や）んでいる。

月の光に加えて最低限のライトが地面に設置されており、夜中でも視界は確保されていた。だから俺をここに呼び出したであろう人物がそこに立っているのもよく見えた。

「久しぶりだな、スティーブン」

　昔と変わらない白衣姿のその男は、後ろを向いてなにか忙しなく手を動かしていた。

「呼び出しておきながら申し訳ないが、少し待っていてほしい」

　そう語るスティーブンの前には、小さなモニターが置いてあった。そこに映っていたのは——蠢く赤い臓器、拍動する心臓だった。次いで、メスを握る手が映り込む。だがそれは人の腕ではない。機械のアームだった。

「遠隔手術、か」

　数年前に実用化されたというその技術は、執刀医が現場にいなくてもロボットを用いて手術をすることを可能にする。

　だが心臓手術や生体肝移植など、より技術と精密さが求められるケースを担当できる医師は非常に限られていると聞く。たとえばこの元《発明家》にして神の手を持つ医師、スティーブン・ブルーフィールドのように。

「行方不明って聞いてたんだけどな」

　それがまさか、こんなところで会うことになろうとは。

「人に命がある限り、医師の仕事に終わりは来ない。今もこの世界の片隅で、消えかけた命を救う術を求める叫びは止んでいない」

　するとスティーブンは背中を向けたまま俺に話しかける。

月夜で行われる外科手術。彼の動かす手先と、モニターに映る機械のアームの動きは完全に一致していた。

「いまだ世界には紛争で埋められた地雷が残っている地域も多い。人が容易に立ち入りできない場所でもこの遠隔手術は役に立つ」

そうだ。たとえこの地球上から《世界の危機》がなくなっても、たとえば完全に紛争が消えるわけではなく、かつて起きた災厄の後始末も完全には済んではいない。

そしてスティーブンは《調律者》という立場でなくなった今も、変わらず医師として活躍し続けていた。それは《名探偵》でなくなったシエスタが、それでも民間の探偵を続けようとしたのと同じなのかもしれない。

「待たせた」

やがてスティーブンはモニターの電源を消し、俺の方に向き直った。

随分早いなと思ったが、どうやらスティーブンは彼にしか担当できない処置を行うだけで、その後は現地にいる医師に任せているらしい。そうして効率化を図ることで、最大多数の患者を救う。それは前にも聞いた彼なりの医師としての哲学だった。

「あんたのおかげで、渚(なぎさ)もシエスタも今は元気だ。改めて礼を言う」

こうしてスティーブンと対面するのはおよそ一年ぶりだった。

二人の探偵の命を何度も救ってくれた元《発明家》は一年前、シエスタの目を覚まさせたある出来事にも関与していた。

「いいや、僕はなにもやっていない」

スティーブンは夜空を見上げながら否定する。

謙遜をしている表情には見えなかった。

「それで、スティーブン。さっき言ってたことは本当か？」

ブルーノと話し合いを行っていたあのバーで掛かってきた一本の電話。

その指示に従って迎えの車に乗り、俺はここまでやって来た。


「本当にあるなら聞かせてくれ、《未知の危機》を防ぐ術とやらを」


その言葉をすぐに信じたわけではない。だが話を聞かないことには分からないこともあるはずだと、俺はその誘いに乗ることに決めた。

「ああ、本当だ。これまで僕たちはずっと、そのための方法を模索してきた」

――僕たち？　他に誰かいるのかと周囲に目を配っていると、急に眩しい光が差し込んだ。床に設置されていたライトの光量が上がったのだろう。そしてその光の線は、スティーブンの背後にあった巨大な物体を照らした。

「砲台？」

仰ぎ見ることしかできないモニュメントのようなそれは、よく見れば蔓で覆われている。しかし空に向かって長く伸びる鉄の筒は、やはり大砲のようだった。

「今はもう使われることのなくなった古代の遺産だ」

スティーブンもそれを眺めながら言う。

「あの砲口はどこを向いていたのだろうか」

ふとその兵器の近くに、二つのシルエットが浮かんでいることに気付いた。いや、近くどころかその内の一人は、巨大な砲台の上にあぐらをかいて座っていた。

「あいつは……」

ライダースジャケットを着たそいつは、頭部を覆う機械的なマスクを被っている。こちらに向いた顔面には、謎の緑色の光が点滅していた。俺はあいつを知っている。最初に奴を見たのは十年前——全米で公開されて瞬く間に大ヒットとなったとある映画だった。

——元《調律者》フルフェイス。役職は《名優》。

バイクのメットを被った男がある日超人的な力に目覚め、悪の組織と戦うアクション映画「フルフェイス」シリーズ。その主演を張っていたあの男は、驚くべきことに現実世界でもヒーローだった。映画と同じく実際に超常の力を発揮し、生身で数々の《世界の敵》を倒してきたという。

そしてもう一人、スティーブンのそばに控えているのは、スリットの入ったワンピースを着た背の高い女。顔にはベールがかけられ、素顔は見えない。それでも彼女が発するオーラというのか気というのか、それは離れていても電流のように伝わってくる。

——元《調律者》妖華姫(ようかき)。役職は《革命家》。

その美貌だけを武器に国を滅ぼすと言われた傾国の美女。先代《革命家》であったフリッツ・スチュワート亡き後、新たにその役職に就任した妖華姫の活躍、あるいは暗躍によって滅んだ国家は幾つあったのか。だが絶世の美女と名高いその尊顔は常にベールに包まれ、一般人が拝むことは決して叶(かな)わない。

「スティーブン、お前はこの面子(メンツ)を揃(そろ)えて《未知の危機》を防ぐ方法を探っていたと？」

俺はにわかには信じがたく疑問を漏らす。フルフェイスも妖華姫も基本的には単独行動を好み、こうして人前に姿を晒(さら)すことすら珍しい。……それに。

「これだけ元《調律者》を集めてるんだったら、ブルーノだってお前に接触したんじゃないのか？　共に《未知の危機》を防ごうと」

「ああ、だが断った」

スティーブンはあっさりそう言い切った。そして。

「《情報屋》もまた、僕らと同じゴールを見ていることは確かだ。しかし彼はあまりにも妥協を許さない。正義のためであれば、その身を今この瞬間にも灰に帰す覚悟を持っている。僕はその正義を危ういと判断した」

君塚君彦（きみづかきみひこ）、と。スティーブンが俺の名を呼ぶ。

「君も同じことを思っているのではないか？」

そんなことはない、とすぐに否定したかった。

だが、見透かされていた。

バーでブルーノの過去を聞き、彼の考える妥協なき正義を知って、その哲学は決して間違っていないと思った。だが、正解であってほしくもなかった。俺はブルーノの、あまりに完成された正義の在り方を恐れていた。

彼と同じようにして、自ら散ることを厭（いと）わなかった相棒が俺にはいたから。

「完成された正義の危うさを感じた僕たちは、《情報屋》とは違うアプローチで、新たな平和の実現方法を探していた。肝心なのは妥協点を探ること。そうして正義と悪、秩序と混沌（こんとん）のバランスを取る」

それは合理主義的なスティーブンならではの考え方だった。医師として、助かる見込みのない患者には一切手をつけない。最終的に、最大多数の命を救うために。

「その方法とはなんだ？　どうすれば誰も傷つくことなく《未知の危機》は終わる？」

スティーブンにそう尋ねて、俺は改めて気付いた。

そう。ずっと俺もその方法を探していたのだ。

ノエルが《未知の危機》を防ぎつつも、ブルーノの身の安全を祈ったように。俺もまた

《未知の危機》が起きることを知りながら、本当はシエスタや渚（なぎさ）に《名探偵》に戻らないでほしいと願ってしまっていた。

一年前、《大災厄》が終わってからの俺の願いはただ一つ。二人の探偵に、平穏で幸せな日々を送ってほしいということ、それだけだった。

「これが世界を守る唯一のやり方だ」

そう告げたスティーブンのもとに、新たな影が忍び寄る。

『――我々ノ　要求ハ一ツ』

クルーズ船で遭った、あのカラスマスクがそこにいた。

赤いローブを風に靡（なび）かせ、虚空の瞳で俺を見つめる。

「我々は《未踏の聖域（アナザーエデン）》の使者と独自の取引を行った。無論、これには《連邦政府》は関与していない」

「……取引？　要求とはなんのことだ」

元々《未踏の聖域》の連中は《連邦政府》となにがしかの条約を締結しようとしていたはず。その代わりとなる取引をスティーブンたちに持ちかけたのか？

「君が今、服の中に隠しているその《原典》だ。それを《未踏の聖域》に差し出すだけでこの危機は終わる」

スティーブンはこちらを指差し、眼鏡の奥の慧眼（けいがん）で俺を見た。

　そうか。俺がこれを持っていることを知って呼び出したのか。

「けど、なぜ《原典》を？　これを奴らが欲する意味は？」

「《原典》には、持つべき人間が持つことで発生する特別な能力があると言われている。《未踏の聖域》の使者たちは、その力が自分たちに対して不利益な形で行使されることを危惧しているようだ」

「当初奴らが《連邦政府》に対して要求していたのは《原典》の譲渡じゃなかったはずだ。それがなぜ今急に変わった？」

　今日のクルーズ船でもカラスマスクは、世界の秘密とやらを欲していた。それが実は《原典》のことである……というわけではないはずだ。

「それこそが僕たちが話し合った上で見つけた妥協点だ。彼らは《原典》さえ手に入れれば、この世界に対して危害を加えないと約束している」

　にわかには信じられない話だった。

　すべては口約束。守られる保証がない。それに、だ。

「この《原典》を今手渡せば、明日の《聖還の儀》が成り立たなくなる。そうなったら、俺の一番の目的は果たされない」

　そう、《聖還の儀》が執り行われないということはすなわち、俺がノエルと交わした約束が……シエスタと渚を《調律者》から卒業させるという願いが叶わなくなる。

俺の要望はあくまでも《未知の危機》を防いだ上で、二人の探偵のこれからの平和を守ることだった。

「いや、《聖還の儀》は予定通り行う。これを使うといい」

するとスティーブンは、鞄の中から一冊の本を取り出した。

「二冊目の《原典》……？」

いや、違う。よく似てはいるが、恐らくは偽物か。

「いくら《発明家》の作った模倣品でも、ミアを騙せるのか？」

「巫女本人を騙す必要はない。その他大勢を一時的に欺くことができればそれでいい」

よく考えてみろ、とスティーブンは言う。

「ミア・ウィットロックは確かな意図を持ってその本を君に委ねたはずだ。それはつまり、君の選択に対して肯定も否定もしないということだ」

「……ミアは、これがフェイクだと気付いてもそれを受け入れると？」

「ああ、それが《巫女》として最後の仕事だと彼女は分かっているはずだ」

そこまで聞き終えて、俺は頭の中で理由を探る。スティーブンがもたらしたこの提案を断るだけの、合理的な理由を探す。

この本を彼らに渡したらどうなるのか。それによって発生し得る脅威やリスクを思い浮かべる。そのリスクを、彼らの要求を拒否する理由にできるだろうか。――考える。考えて、考えて、考えたその先に、ふと昔のある光景が頭を過ぎった。

『――君とまた、紅茶が飲みたい』


いつか探偵が口にした言葉だ。それが彼女の「生きたい」だった。

「そういえば最近、紅茶は飲んでなかったな」

ふと、今日シエスタがどこか淋しそうな顔をしていたのが思い出された。

この事件が片付いたら、久しぶりに三人でのんびりアフタヌーンティーにでも行こう。

ざっ、と足音が鳴る。気付けばカラスマスクが、俺のもとに歩み寄っていた。

「そんなにこれが欲しいのか？」

俺は《原典》を握る右腕に力を込める。どれだけ考えても、スティーブンの提案を断るだけの理由が今の俺には思いつかなかった。

「誰かがこれを仮初めの正義と呼んだとしても」

それでも世界とあいつらを、両方守れるのだとしたら。

『交渉成立ダ』

俺の手から、運命の分岐点が手放される。

月下の神殿で、俺は一つの未来を選んだ。

【Side Noel】

時計の針が間もなくてっぺんを迎える頃。屋敷の客室をノックすると「どうぞ」と慣れ親しんだ声が聞こえてくる。

「失礼します」

扉を開けるとそこには客人――ブルーノ・ベルモンドがいた。おじい様には《聖還の儀》の招待客として、わたしの住む家……《連邦政府》の管理する屋敷に宿泊してもらっていた。

昔は家族として一緒に暮らしていたはずが、今はホストとゲストという関係。そこに言い得ぬ感情が湧きそうになったのを自覚して、わたしはそっと心に蓋をする。

「随分お帰りが遅かったのですね」

ちょうど外套をハンガーに掛けていたおじい様からは、ほんのりアルコールの匂いがする。お酒を飲むことはおじい様の数ある趣味の一つだった。

「ああ、ちょっとした知人とね。愉快な会だった」

おじい様は簡単にそう説明を済ませる。

誰と会ったか、なにを話したかは教えてくれない。

いつもそうだった。昔から、おじい様はあまり自分の話をしようとしない。

それは《情報屋》としての立場があるからか、あるいは――

「おじい様、それ」

ふと視界に映ったものが気になった。おじい様の立っているそばにあるテーブル。飲みかけのペットボトルのお水と、薬の袋のようなものが見えた。

「ああ、血圧の薬だよ。そう気にすることはない」

「おじい様？　本当にお酒、飲んでいいんですか？」

「……医者には黙っておいてほしい」

おじい様はバツの悪い顔をしながら、軽く片手を挙げて断りのポーズを取る。

こういう茶目(ちゃめ)っ気(け)のある仕草を見たのは久しぶりな気がした。

「それで、なにか用だったかな」

おじい様が、いまだ部屋の入り口に立ったままだったわたしにそう尋ねる。

「明日の式典のことか？　それならば、やはり私は」

「いえ、分かっています。おじい様が途中で使命を投げ出すことはありません」

たとえ自分の身に危険が迫っていようとも、世界の安定を保つことこそをなによりも優先する。それが《情報屋》ブルーノ・ベルモンドの生き方であると、わたしは他の誰よりも理解していた。

「すまない。迷惑を掛ける」

おじい様はそう言って、わたしに薄く微笑みかける。

「いえ、迷惑だなんて」

家族ですから。そう言おうとして、その資格はもうないのだとすぐに気付く。

沈黙が訪れる。本当はもっと訊くべきことがある。でも咄嗟に言葉が出てこない。おじい様はそんなわたしを見て、近くの椅子に座るよう促した。

「……おじい様はどんなことも知っています」

それからわたしの口をついて出たのは、そんな当たり前の事実だった。

「政治を知っていて、経済を知っていて、文化を知っていて、芸術を知っていて。時には《巫女》に視ることのできない未来をも知っている」

そして恐らくはわたしや《連邦政府》さえ知らないことも。だから。

「本当は、おじい様は明日なにが起きるのか知っているのではありませんか？」

わたしは自分の手元に視線を落としながら質問を重ねる。

「そうでしょう？　全知である《情報屋》ならば、明日の世界の行方を知っている。それだけじゃない、おじい様はそこに生きる私たち人間のことだって……」

「ノエル」

わたしの名を呼ぶ声に顔を上げると、柔らかく笑うおじい様の顔がそこにあった。そして、そっと人差し指を唇の前に立てる。

わたしがなにも言えず、ただじっとしていると、それからおじい様は少し離れたテーブルの前の椅子に腰を下ろした。薄暗いオレンジ色の照明がその顔に影を作る。

「私は百年旅をした」

やがておじい様は、愛用の杖を布で磨きながらぽつりと語り出した。

「場末の酒場で聞いた街談巷説を、最果ての砂漠と雪山で実体験した。水没した古代都市の遺跡を発見したが、それと瓜二つの都市がとあるベストセラー小説の中ですでに描かれていたのを見つけた。五十年前、密林の奥地で見つけた幾つかの未知の生物は、今や小学生の読む図鑑に載っている」

知識は点だ、とおじい様はそう口にする。

「点と点は百年の間に線となり、世界にとっての常識に変わる」

それがブルーノ・ベルモンドの《情報屋》としての生き方であり、《調律者》としての世界との関わり方。わたしがベルモンド家に養子に出される遥か前からおじい様は地球を旅し、知識を蓄え、それを機に応じて世界へ還元し続けていた。

「私は知っている、すべてを知っている。——だがそれは、この世界が私に許した存在範囲の話に過ぎない」

それは思わぬ否定だった。

おじい様は知っている、すべてを知っている。でも。

「人の知が、世界の定めた領分を超えることは決してない」

おじい様は自分の知に限界があることを悟っていた。

「たとえ《情報屋》でも知らないことがあると？」

わたしがそう尋ねた時、おじい様はどこか遠くを見つめていた。

窓の外、夜の帳、過ぎ来し方。

それは多分、わたしの知らない景色だった。

「私はかつてとある禁忌領域に辿り着き、そこで選択をした。『世界』を知るか、それ以外のすべてを知るか。私は後者を選んだ」

随分と抽象的に聞こえる話。でもその話を信じるとするなら、かつておじい様は世界以外のすべてを知ることを選んだ。

それは逆に言えば、世界を知ることを諦めたということ。

おじい様の言う『世界』とは一体──

「少し、喋りすぎたか。やはり酒は適量に限る」

おじい様は苦笑を浮かべながら話を終えようとする。結局、おじい様は最初のわたしの問いに答えていない。明日の式典でなにが起きるのか、それを知っているのか否か。

でも、わたしがその質問をしたことに対しておじい様は今の話をした。ブルーノ・ベルモンドは必ずしも世界のすべてを知っているわけではないのだ、と。

ではその意図は一体なんなのか。もしも名探偵だったらどんな答えを出してくれるのだろうかと、思わずわたしはスマートフォンを握り締めた。

「さあ、そろそろ良い子は寝る時間だ」

おじい様はそう言って立ち上がり、わたしの頭を優しく撫でた。

「……もう、わたしは子どもではありません」

おじい様はこんな時に限って……いや、今まで通り、わたしを子ども扱いする。

ただ、それが悔しいのか嬉しいのか自分でもよく分からないまま、わたしはしばらくおじい様の大きな掌を受け入れた。

風邪を引いたわたしの額に載せてくれたおしぼりの冷たさ。世界中の風景を収めたカメラのフィルム。交通量の激しい道路で幼いわたしの手を引いてくれた温かな手。おじい様の面影を思い出しながら、わたしはぎゅっと目を瞑る。

「お疲れのところ、すみませんでした」

それからわたしは席を立ち、おじい様に頭を下げて踵を返した。

「ノエル」

扉に手を掛けようとしていたわたしを、おじい様が呼び止める。

「思うように行動なさい。私たちは血の通った人間だ」

わたしはそれに上手く返事ができないまま「おやすみなさい」と言って扉を閉めた。

【第三章】

◆この列車の行き着く先には

翌日、朝ホテルのベッドで目覚めると、部屋には自分以外誰もいなかった。

「……出掛けたのか」

空いた二つのベッド。そこには昨晩まで渚(なぎさ)とシエスタがいたはずだった。

昨日の、あの夜。スティーブンらとの話し合いの結果、俺は《未踏の聖域(アナザーエデン)》の使者に《原典》を渡した。それからホテルに帰ってきたものの、シエスタと渚はすでにベッドに入った後。しかし渚だけは俺が帰ってきた物音に気付いたようで、起き上がってブルーノとの話し合いがどうだったかを訊(き)いてきた。

やはり式典の参加を辞退させることはできなかった旨を話し、さらにその後スティーブンと会った件も話そうかと迷い……だがなんとなく憚(はばか)られて、口にすることはできなかった。そしてまだなにか話したそうにしていた渚をそのままに、俺は自分のベッドに入って目を瞑(つぶ)ったのだ。

「二人とも実はそんなに怒ってないパターンはないか？」

……ないか。シエスタとは昨晩バーで喧嘩(けんか)したまま。そして渚も俺となにかを話したが

っていたのに、結局それを聞かないままだった。気まずい朝を過ごすよりは、二人が出掛

けていいてくれてよかったとも言えるか。

「いや、早く会いに行こう」

そしてもう大丈夫だと伝えよう。今日のことは、なにも心配いらないと。

とりあえず着替えて二人を探しに行こうと、ベッドから立ち上がったその時だった。

「探偵様はお二人とも、ドレスアップに向かわれただけですよ」

振り向くとそこには一人の少女――ノエル・ド・ループワイズが立っていた。例のゴスロリ衣装とは違って、普通に高貴なドレスを身に纏(まと)っている。

「《連邦政府》の装束じゃないんだな」

「ええ、今日のわたしのお仕事は、式の運営と皆様の案内ですので」

なるほど、それで迎えに来てくれたわけか。

「とは言えノエル、不法侵入だぞ」

「すみません、本当はもう少し早くに来て起こして差し上げるつもりだったのですが」

謝るポイントが全然違うな。

「寝ている兄さんをそっと起こしてあげる健気(けなげ)な妹になりきるつもりだったのですが」

それはちょっと味わってみたかったかもしれない。

「ふふ、妹ジョークです」

ノエルはまたそう言って微笑を浮かべる。

それで、シエスタたちはドレスアップに向かったと言ったか？

「《聖還の儀》の前に舞踏会がありますので、そのために女性の参加者様は少し早めに準備に入られるのです」

……なるほど、そうだったか。俺にキレ散らかして出て行ったわけではなかったか。

「ところでそのお二人をお迎えに上がった際、特にシエスタ様は見たことのないほどに不機嫌そうなお顔でしたが、昨日なにかあったのですか？」

「やっぱキレてんじゃねえか」

やれ、会いたくなくなってきたな。

俺は憂鬱な気持ちになりながら、のろりと外に出る準備を始める。

するとノエルはここで待つつもりなのか、俺に背を向けながら話しかけてくる。

「いよいよ、当日になってしまいましたね」

「昨晩はよく眠れましたか？」

「あのクルーズツアーの後それなりに酒を飲んでな。おかげでぐっすりだ」

「それは良かったです。確かおじい様ともまたお会いになられていたのですよね？」

「ああ、光栄なことに世界の知とサシ飲みだ」

「また、おじい様を説得しようとしてくださったのですよね。ありがとうございました」

ノエルは例の話し合いの内容をある程度把握しているらしく、そう感謝を伝えてくる。

だがブルーノが式典を辞退しないという結果は変わっていない。そのことはノエルの本意ではないのだろう。三十五階の部屋から遠く景色を眺めるノエル。その窓に映った彼女の瞳は不安そうに揺れていた。

「君彦様は、もしも自分が乗っている列車に爆弾が積んであることが分かっていたとして、それでもその列車に乗り続けますか？」

するとノエルはそんな抽象的な問いをぶつけてくる。

今一つ意図が掴めず、俺は幾つか質問を重ねることにする。

「その爆弾は、いつ爆発するか分からない？」「イエス」

「俺たちはその列車に自分の意思で乗っている？」「イエス」

「俺たちはどうしてもその目的地に辿り着かなければならない理由がある？」「イエス」

そうか、だとしたら。

「俺は今までずっと、そういう列車に乗り続けてきた」

ノエルは振り返り、次の言葉を待つように俺をじっと見つめてくる。

「そしてその爆弾の導火線には、まだ火がついたままだ。何度も消えたと思った。消せたと思った。なのに気付くといつも、その火はすぐそこまで迫ってる。——でも、仕方ないんだ。つきまとう代償は、願いの大きさの証だ」

試練に遭い、代償に苦しみ、あの日願わなければ良かったとさえ思ってしまうのは、間違いなくそこに強い思いがあった証明だった。

「わたしたちは自分勝手な望みを持ち続けてもいいのですか？」

「願いは目標になる、目標があれば行動ができる。それがない人間は、冷え切ったぬるま湯から抜け出せなくなる」

今となっては昔。シエスタが死んでからの一年間、俺はずっと冷えたぬるま湯に浸り続けていた。あの、渚（なぎさ）の滾（たぎ）るような激情に出会うまで。

「では、なにかを代償にして願うことは、悪ではないのですか？」

「なにを代償にしてもいいと思える悪になれた時、初めて願いは叶（かな）うのかもしれない」

かつて、俺にそう語って散っていった敵もいた。

それがなにを賭してでも叶えたい望みならば、前に進み続けろと。

だから、もしもそれを世界が悪と呼んだとしても、俺たちは——

「ありがとうございます」

ノエルはいつものドールのような無表情に少しだけ笑みを混ぜて、俺に頭を下げる。

「それでは、行きましょうか。会場までご案内いたします」

「ああ、よろしく頼む」

着替えを終えた俺は、大切なものを仕舞（しま）った鞄（かばん）を持って立ち上がる。

多くの人間の思惑が入り混じる式典が、間もなく始まる。

◆今宵、正義はここに集う

舞踏会が行われる会場は、まるで宮殿のような豪華絢爛な建物の中にあった。ノエルの説明によればここは《連邦政府》の管轄下にある施設であり、《連邦会議》が行われることもあるらしい。

会場ではすでにタキシードやドレスに身を包んだ男女が、立食パーティーを楽しんでいる。中にはテレビで見たことがあるような、どこぞの政治家や財閥の人間の顔も見受けられた。ここに招待されているということは、彼らもまた世界の裏事情に関わってきたのだろう。

「改めてになりますが、本日はこのあと十七時からが舞踏会、十九時から《聖還の儀》が執り行われます。儀式自体は三十分ほどで終わる予定でして、その後で晩餐会という段取りになっています」

ノエルはウェルカムドリンクを俺に手渡しつつ、今日の予定を改めて説明する。

最初の舞踏会は有志だけが参加する余興らしく、あくまでも本番はその後の《聖還の儀》である。

「会場には警備システムも導入しておりますが、しかしそれで《未踏の聖域(アナザーエデン)》からの攻撃を凌(しの)げる保証はありません。もしそうなった際は……」

「《名探偵》の力を貸してほしいってことだな？」

俺が訊(き)くとノエルは申し訳なさそうに頷(うなず)いた。

だが、それが当初彼女やブルーノと交わした約束。シエスタと渚(なぎさ)が《調律者》としての権限を一時的とはいえ取り戻した意味だった。

「ああ、俺が決められることではないが、もしそうなったらシエスタたちは全力で使命を果たすはずだ」

そう言いながらも俺は、そんな事態にはならないことを願っていた。……いや、信じていた。そのための準備は昨晩果たしたのだから。

「……ありがとうございます。それでは、わたしはこれから儀式の準備に入りますので、一度失礼いたします」

ノエルは恭しく一礼し、その場から立ち去った。

そうして至るところで交流が始まっているホール内で、手持ち無沙汰の俺は一人立ち尽くす。ドレスアップしているという渚とシエスタはまだ到着していないのか。俺はキョロキョロと辺りを見渡す。

「——相変わらずセンパイ離れができてないのね、君彦(きみひこ)は」

と、その時。俺の背後からそんな声が聞こえてくる。俺を名前で呼んでくれる人間はそう多くはない。それにその声と発言で誰かはすぐに分かった。

「自分のことを棚に上げてよく言うな、ミア」

俺がそう返すと、彼女は惚けたようにつんと顔を背けた。

元《調律者》にして《巫女》ミア・ウィットロック。紫色の艶やかなドレスに身を包んだ彼女は、かつて時計塔に引き籠もっていた頃と比べて遥かに大人になっていた。

そして俺の視界には、ミアに加えてもう一人の人物が映っていた。そいつはミアの押す車椅子に乗り、俺のことを澄まし顔で見上げる。

「――リルのペットのくせに生意気。あんたはご主人様のことだけ見てればいいの」

元《調律者》にして《魔法少女》リローデッド。橙色の鮮やかなドレスは、彼女の明朗快活な性格によく似合っていた。

「久しぶりだな、リル。会いたかった」

「……会いたかったのなら会いに来ればよかったじゃない」

俺が予想外に素直だったからか、リルは頬を指で掻く。

やれ、そう易々と会いに行ったら怒られると思ってたんだけどな。

「にしても、二人か。オリビアはどうしたんだ？」

俺はミアにそう尋ねる。

オリビアもミアの使者として式典には参加していると思っていたが。

「……オリビアは私を置いて挨拶回り」

ミアの恨みがましい視線が、遠くにいるオリビアに向けられる。アウェイの中、置いてけぼりにされてたのか。可哀想だが可愛いな。

「さっきからなんとか、こう、壁と同化しようと思ってたんだけど難しくて」

どうやら大人になってもコミュ障は直っていないらしく、むしろ安心した。

「まったく、リルがいて良かったわね」

するとミアの眼下で、リルが得意げに腕を組む。

「リルのおかげで淋しい思いをせずに済んだでしょ？　感謝しなさいな」

「あなたこそキョロキョロしてなかった？　そして私を見つけて嬉しそうにしてたでしょ」

「なっ、あんた、先輩に向かって！」

「確かに年上ではあるけど、《調律者》としては私より後輩でしょ？」

「っ、ねえ！　キミヒコ！　この子くそ生意気なんだけど！」

リルはまさにぷんぷんという擬音語がつきそうなほど怒りながら「昔はなにも言い返せないぐらい大人しかったのに」と、ミアに不満を示す。

二人の相性が悪いのは出会った頃から変わらない。唯一変わったのは、ミアがリルに対して臆せず言い返すようになったことか。

　だが相性の悪さは、仲の悪さとは必ずしも比例しない。リローデッドが自分の身体の一部である車椅子を、ミアに託していることこそがなによりの証拠だった。

「リルは一人で来たのか？」

「ええ。薄情よね、上の連中も。招待状だけ送りつけて、あとは自力で来いだなんて」

　リルが愚痴を吐くと、ミアも同調するように肩を竦める。

「だけど今の時代、この車椅子があればどこにでも行ける。そういう意味では今でも自由よ。まあ、人の手は借りながらだけど」

　それは、昔であれば……出会った頃であればリルが決して言わなかった台詞だろう。

　だが彼女も変わったのだ。数々の危機と戦って、その過程で彼女なりの答えを得て。

「とは言え本当なら、元《調律者》は使者を一人連れて来られるって聞いたから、あなたを……とも少しだけ思ったんだけど」

　リルはそう言いながら俺を見上げる。

　かつて俺は《魔法少女》の使者として働いていたことがあった。

　当時は彼女にとって俺が、そして俺にとっては彼女が必要だったのだ。

「懐かしいな、あの頃のことは」

「ええ。……今思えば、この眼には敵しか映ってなかったけど」

　するとリローデッドは己の過去を、俺たちの思い出を語る。

それはまだこの世界に、倒すべき敵と乗り越えるべき危機が存在していた時のことだ。

「あの頃は怖いものなんてなにもなかった。心に恐怖という感情はなかった。ステッキを片手に怪獣や魔人と戦って、痛みすらも感じなかった」

リルは無敵だった、と。魔法少女は回想する。

それは決して大げさな表現ではない。どうしてリローデッドという人間は無敵で勇敢な《魔法少女》たり得たのか。なぜなら、当時の彼女は……。……いや、それは今語るべきことではないだろう。

「でも、リルは確かに正義の味方だった。あの頃リルは、魔法少女として生きていた。そのことは今でも誇りに思う」

「ああ、俺もだ」

リローデッドの相棒だったあの日々、あの経験は今の俺を……君塚君彦という人間を形作っている。人は過去の代償を必ず未来に背負うと言うのなら、せめて代償以外のすべても未来へ持ち越させてもらいたいものだ。

「あれからもう一年も二年も経ったと思うと、早いわね」

リルは改めて過去と今を比較して微笑を零す。

危機に満ちていた過去と、平和になった今を。

「平和になって良かった」

するとミアも、立食パーティーを楽しむ参加者たちを眺めながら呟く。

「でも、平和過ぎてたまに全部偽物なんじゃないかって思う」

俺は咄嗟に的確な返事が思いつかない。それでも。

「ミアは世界を救っただろ」

ミアやリルだけじゃない。あの日、正義の《調律者》たちは皆――

「うん、分かってる。多分、まだ自分でも信じられないんだと思う。急に戦いが終わって、ずっと続くと思っていた使命から解放されて」

ミアがそう言うと、同じ思いを抱いていたのかリルも目を細める。

「だけど、私たちがこれからやるべきことはきっと変わらない」

しかしミアは改めてそう答えを出す。

彼女の言う「私たち」とは、世界を守る者のことだろう。

オリビアは言っていた。《調律者》の任を解かれた今も、ミアはまだ見ぬ危機に備えて世界を巡ってその目で観測しているのだと。

「お役目は終わっても、生き方は変わらない。……変えちゃいけない。センパイが教えてくれた生き方だから」

ミアはそう自分に言い聞かせるように言った。

「リルも、って言いたいところだけど、さすがに正義の味方は引退かしら」

すると元《魔法少女》は、自分の足下、動かなくなったその足を見つめながら、「だから今回も……」とぽつりと呟く。

彼女も《未知の危機》について知っているのだろう。だが今のリルの身体は、昔のように無茶ができる状態にはない。それはかつて、彼女が己の誇りと願いを懸けて戦った代償だった。

「大人になったからな」

俺がそう言うと、リルは「?」と首をかしげる。

彼女は足を怪我したから魔法少女を引退したのではない。

「リローデッドは、大人になったから魔法少女を卒業したんだ」

俺を見ていたリルの、宝石のような瞳が一瞬揺れた。そして。

「……ありがとう」

主からその使い魔に、久しぶりに飴が与えられる。

我ながら忠犬の才能があるなと思わず苦笑を零した。

「どう？　またリルに仕える気はない？」

「ああ、それはありがたい提案なんだが……」

俺の視界にはさっきから、ミアとリルの向こうにさらに二人の人物が映っていた。そして俺の視線に気付いたのか、ミアたちもまた後ろを振り返る。

そこにいたのは、煌びやかなドレスに身を包み、華やかなメイクといつもとは違う髪型で印象ががらりと変わった二人の探偵だった。

「センパイ！」

青いドレスを着たシエスタにミアが駆け寄る。

「久しぶり。うん、ミアはやっぱりもっとおめかしをするべきだね。似合ってる」

「……センパイこそ。かわいい」

ミアは微妙に顔を赤らめながらシエスタと会話を交わす。

「ねえ、リルの時と態度違いすぎない？」

リルがじとっと二人の様子を眺める。

気にするな。人間、色んな関係性があるからな。

「久しぶりね、リル」

そしてもう一人の探偵、赤いドレスを纏った渚がリルに話しかける。するとリルは何度か瞬きをした後、にっこり笑ってこう答えた。

「あ、誰かと思えば君彦の元カノじゃない」

「〰〰〰！　あんたも捨てられたくせに！」

俺の周り、喧嘩っ早い女しかいないのか？

◆平和の共犯者

「ミア、これを」

それからシエスタと渚がリルと歓談している間に、俺は鞄からあるものを取り出した。

「……《原典》、持ってきてくれたのね」

ミアは俺が手に持っていたものを見て、少しだけホッとしたような顔になった。そしてそれを受け取ろうと手を伸ばす。

「なぜミアはこれを俺に託そうとしたんだ？」

だがこの本を手渡す前に俺はミアに改めて尋ねた。

飛行機でオリビアから《原典》を受け取った時、彼女は詳しい理由を語らなかった。本来、決して一般人が触れていい代物ではない《原典》をどうしてミアは俺に託したのか。

「夢で見たから、って言ったら怒る？」

するとミアは苦笑しながら俺を見上げる。だがそれは決して軽口を叩いているわけでも誤魔化しているわけでもなさそうだった。

「今の私は未来を視て《世界の危機》を予言することはできない。でも、なぜかこの本だけはあなたに渡さなくちゃいけない気がした。その未来だけは守らなくちゃいけないって、ある朝目覚めた時に思ったの」

それは巫女(みこ)の予知夢なのか第六感なのか、あるいはもっと根拠に基づいた必然だったのか。ミア本人が分からないと言うのなら、それをこれ以上追及することはできない。

けれどいつか俺はその真実を知る必要がある——予感ではなく、ある確信に基づいてそう思った。

「ミア、すまない」

謝ることが正しいのかさえ俺には分からない。

ただ、不思議そうに首をかしげるミアに、俺は持っていたその本を手渡した。

「——これは」

それを受け取った瞬間、ハッとしたようにミアは俺を見た。

気付いたのだろう。それが偽物であることに。

でも、せめて目を逸(そ)らしてはいけない。そう思って俺は、じっと巫女の審判を待った。

「そう。これが君彦(きみひこ)、あなたの答えなのね」

先に視線を外したのはミアだった。しかしそれから一つ深呼吸を挟むと、ミアはその偽物の《原典》を胸に抱いて俺を見つめる。

「分かった。これがあなたの選択なら、私はそれを受け入れる」

スティーブンの言った通り、ミアは俺の企みに気付いた上でそれを見逃した。

肯定したわけでも否定したわけでもない。

ただ、これが正しい未来であることを祈っているかのようだった。

「センパイとはなにか話した？」

「……いや、まだだ」

けれどこの願いを、秘密を、自ら探偵に明かすつもりはなかった。

「ちゃんと話し合った方がいいわよ。男女の仲のもつれは大抵、コミュニケーション不足が理由なんだから」

「いつの間に恋愛マスターになったんだ」

思わず突っ込むとミアは軽く笑ってみせた。

「でも、いずれにせよ私はあなたの判断を尊重する。この式典、必ず成功させましょう」

ミアはそう言いながら俺に握手を求めてくる。

俺はその手を取ろうとして、ふと違和感に気付いた。

――式典の成功。《原典》が偽物である時点で、本当の意味でそれが達成されることはない。そんなことはミアも分かっているはずだった。それなのに、なぜ。

「私もあなたと同じ。物語の終わりはハッピーエンドが好きだから」

俺に手を差し出すミアの笑顔には、どこか哀感が滲んでいた。

「——そうか、お前も」

ミアも本物の《原典》の行方を知っているのか。

スティーブンはすでにミアに接触している。……いや、恐らくは俺より先にミアに会い、《原典》を引き渡すように交渉していた。だがミアはその選択に迷い、代わりに俺に《原典》を託したのか。

巫女も秤に掛けていたのだ。闘争も犠牲も厭わぬ無欠の正義か、悪の存在を許容する妥協的平和か、世界はどちらを選ぶべきなのか。

「ああ、ミア。俺たちでやろう」

俺とミアは握手を交わす。

この事実をなぜ《名探偵》には相談しなかったのか、互いにそれは言うまでもない。きっと今この瞬間、俺たちは共犯者だった。

その後オリビアがミアを迎えに来て、リルと共にまた別の関係者のもとへ向かった。世界を股に掛けて活躍してきた元《調律者》は、コミュ障といえども顔は広いらしい。

そうしてこの場には俺、渚、シエスタの三人が残された。

誰かと誰かの視線が合いそうになると、どちらからともなく目を逸らす。互いに言い争ってすれ違ったという事実を全員が共有しているからこその気まずい空気。いつもの喧嘩とは意味合いが違うことも理解していた。

「はあ、しょうがないなあ、もう」

見かねた渚がため息をつきつつも、俺に向き直る。

「君彦(きみひこ)、例の件はどうする？」

念のために周囲を気にして小声でそう訊(き)いてくる渚。

彼女の言う例の件とは、このフランスに着いてから俺たち三人が秘密裏に立てていると
ある作戦のこと。俺は逡巡(しゅんじゅん)した後に「作戦は中止しよう」と伝えた。すると渚は、少し驚
いたように目を見開く。

「どうして、って訊いたとして今ここで答えられる？」

「……難しいな。けど一つ、俺に考えがある」

渚はきゅっと唇を引き締めて、じっと俺の様子を観察する。

まるで俺がなにかを誤魔化(ごまか)しているのではないかと疑う……いや心配するように。

「分かった。いいよ、それで」

そう判断を下したのは意外にもシエスタだった。

「昨日の昼間、ホテルの部屋で言ったでしょ？　指揮権は君に委ねるって」

「昨日の夜のあの喧嘩で、全部水に流れたかと思ってた」

「私も子どもじゃないんだから。感情だけで動かないよ」

バカか、君は、とシエスタは口を尖らせる。

「あれ、昨日のあれはあたしの記憶違い？　バーからホテルに帰った後、寝るまでずっと子どもみたいに、君彦と喧嘩したことを振り返って怒ったり落ち込んだりしてたの」

「渚、余計なこと言わないで」

シエスタはじとっと渚を見つめると、それから俺の方に向き直る。

「今の会話は助手の記憶から消えたとして」

「ああ、消えた。なにも覚えちゃいないから安心しろ」

そう軽口を飛ばし合うとシエスタはふっと微笑み、

「私は見てみたいんだよ。この物語に君がどんな答えを出すのか」

そう言って俺に左手を差し出した。それは仲直りの握手なのか。だとすれば、それこそ子どもっぽ過ぎるだろう。俺はあえてその手は握らず、苦笑だけで彼女に答えた。

「そろそろ始まるみたいだね、舞踏会」

渚が会場の様子を見渡しながら言う。ドリンクなどが置かれていたテーブルが片付けられ、空いたスペースのあちこちで男女のペアが歓談している。

「それで？　君彦はあたしたち二人のどっちと踊るの？」

そんな二択を俺に迫ってきたのは渚だった。

シエスタと踊るか、それとも渚と踊るか。

「どっちか一人としか踊れないわけじゃないだろ？」

「どっちの手を最初に取るかは重要な問題だと思うけどね」

やれ、難しいことを言ってくれるな。

俺がそんな世界一の難問に悩んでいると。

「ごめん、私は先約があるから」

そう言ってドレスを翻したのはシエスタだった。そして振り向きざま、俺を見てほんの少しだけ口角を上げた。まるで昨晩の喧嘩の仕返しかのように。

「やっぱり子どもだな」

俺は肩を竦め、立ち去るシエスタに背を向けた。

「……なんだ、相手はミアか」

「すぐ振り返ってシエスタが誰と踊ろうとしてるのか確認するの、ダサいよ」

渚の強烈なツッコミが入り、俺は視線をぐっと戻す。

「シエスタが他の男と踊るんじゃないかって心配した？」

「まさか。中学生でも、ましてやもう高校生でもないんだ」

「ふーん、分かってるならいいけどさ」

ああ、俺たちはもう大人だ。今、目の前に立っている女性を……美しくドレスアップした渚の姿を見て、そう思わないはずがなかった。

やがてどこからともなく音楽が流れ出し、舞踏会が始まった。

俺は見つめ合ったままの渚（なぎさ）の手をそっと取る。

「残った俺たちで踊るか？」

「うーん、消去法？」

「……間違えた。俺と一緒に踊ってくれ、渚」

そう言うと渚はふっと笑って、俺の方に身を寄せた。

「いいよ、それでも」

ヒールを履いた渚の顔が、すぐ目の前に迫る。

彼女の美しい赤い瞳が俺をじっと見つめていた。

「今だけでも、なにかに迷った時だけでも、あたしを見てくれるならね？」

◆エンドロールを求めた結末は

舞踏会が終了した十九時前。

俺たちは《聖還の儀》が執り行われる会場へと場所を移した。

開閉式の屋根を持つ楕円形（だえんけい）の大きなホールは数千人が収容できる規模とのことで、前方にスクリーンもあり、どこかコンサート会場のようでもある。

「皆様の席はこちらです」

三分の一ほどが埋まっているホール。

案内役のノエルに促され、後方座席に俺と渚とシエスタは並んで座った。

「舞踏会、お疲れ様でした」

そしてノエルも俺の隣に腰を下ろす。ここからは彼女も式典に参加するらしい。

「今のところはどうだ？　なにか変わったことは」

「いえ、特には。警備も万全に進めているところです」

そうか、と俺は頷く。ここまでは順調。だが問題が起きるとすれば。

「あとは、《聖還の儀》次第だね」

シエスタがそう言ってホール前方の舞台を見つめる。

そこには大きなモニュメントというのか、白い柱のようなものが立っており、その前には薪が積み上げられていた。焚き火のようにも見えるが、あれが儀式に使われるのか。まるで祭壇だ。

「あと五分ほどで始まりますね、もう少々お待ちください」

ノエルが時間を確認し、俺たちにそう伝える。

会場を見渡すと、前方右側の出入り口付近の座席に、ブルーノが座っているのが見えた。

またそこを取り囲むように、《連邦政府》直轄の軍人たち——通称《白服》が待機している。彼らは《調律者》ではないものの、世界中の紛争や事件の解決に寄与しているエキスパート集団。式典で狙われているブルーノを守るために警護についていた。

——世界の知は間もなく亡びる。結局あの手紙を出したのは誰だったのか、それはまだ明らかになっていない。だがいずれにせよ、《未知の危機》は今日この場では起こらない。そのための契約を昨日果たしたのだ。

「あの席にいるのって、もしかしてミア？」

渚が指差した前方の席には一際目立つ特別な長椅子がある。

ここからは角度的にはっきりとは分からないが、椅子から少しはみ出した巫女装束のようなものが見えた。近くに立っている人物がいるが、背格好的にオリビアか。

「ええ。巫女様には儀式で特別なお役目がありますので」

「そうだったね。……でも、あたしたち以外に《調律者》はほとんどいないんだ」

渚の言う通り、あとはリローデッドが車椅子の専用席にいるのが見えるだけで、他の《調律者》は確認できない。当然ながら元《暗殺者》加瀬風靡もここには来ていない。

「そうですね。《黒服》が会場全体やその周辺の警備にあたってはいますが、それ以外の元《調律者》の皆様はお越しになっておりません」

一つの組織としても存在する《黒服》は無数の構成員を有し、かつて《調律者》の中でも便利屋のような働きをしていた。常にダークスーツとサングラスを着用する彼らの素顔を俺たちはまだ知らない。だが彼らがここを守っているなら、より安心か。

「やっぱりスティーブンもいないね、話したいこともあったんだけど」

するとシエスタが恩人の名を出す。

……本当は知っている。スティーブンだけでなく、他数人の元《調律者》の行方を、俺だけは知っている。けれど今それを言うわけにはいかなかった。

それからややあって、なにやら低い鐘の音が聞こえてきた。

「始まります」

ノエルが前を向く。その鐘は《聖還の儀》が始まる合図だった。天井の屋根が開き、星空が見える。やがてホール前方二箇所の入り口から、仮面を被り装束を身に纏った人間が続々と十数人現れる。

「高官たちです」

年齢や性別も分からない彼らは、ミアと並んで一番前方の席にずらっと腰掛ける。

本来、肩書きだけで言えばノエルもあそこに並ぶ存在のはず。だが不運な世襲によって高官の座についたノエルは、まだ経験が浅いこともあり使者のような仕事しか振られていないと聞く。

やがてその高官のうち数人が立ち上がった。一人が法螺貝のような楽器を吹き、また別の二人が舞台に向かうと組み上がった薪に火を焚べる。そうして柱の前では、青白い炎が夜空に向かって伸び始めた。

そのまましばらく会場には沈黙が流れ、次に動きがあったのは俺のよく知る人物が立ち上がった時だった。長椅子から立ち上がった巫女装束の少女——ミア・ウィットロック。彼女は従者であるオリビアと共に階段を上ると、まずは手渡された《聖典》を火に焚べていく。

「この儀式で、ミアは《巫女》としての能力を完全に失うんだよね？　……でも、本当にそれだけで災厄は収まるのかな」

隣で渚がぽつりと呟いた。

「《原典》を燃やして、力を還して。そうまでして今後、もしまた《世界の危機》が起こったら？　本当にこれでもう大丈夫って、そういう保証はあるのかな」

渚がそう不安を吐露する間にも、数冊の《聖典》が炎に包まれていく。

「ああ、これまでも歴史上《聖還の儀》は何度か行われてきて、その成果は実証済みだ」

ノエルに代わってそう答えたのは俺だった。

「その平和が永久的に続くことはないけどな」

さらに俺がそう付け加えると、渚は少し驚いたように目を見張る。

「……やはり、君彦様は気付いておられたんですね」

そしてノエルはどこか観念したように小さく頷いた。

昨日、ノエルと車の中で話をした際に彼女は、過去数千年の記録により《聖還の儀》の効果は保証されていると言っていた。しかし過去に《聖還の儀》が執り行われたのだとすれば、すでに世界は平和になっていなければおかしい。にもかかわらず俺たちはこれまで何度も《世界の危機》に直面してきた。

恐らくは過去数千年、そのようなことを繰り返してきたのだろう。それでもなぜ毎回懲りもせずに、このような儀式を執り行う必要があるのか。そしてそんな事実がありながら、ノエルはなぜ俺たちの安全と平和を保証すると断言できたのか。それは——

「《聖還の儀》によって保たれる平和には、有効期限（リミット）があるんだな？」

俺がそう訊（き）くとノエルは、

「二百年」

と、白い煙を遠く見つめながら言った。

「一度《聖還の儀》が執り行われると、少なくとも二百年は《世界の危機》は起きません」

二百年。どんなに最短でも次の災厄が生じるまでは二百年。

つまりは、今この時代に生きている人間の安全だけは保証される。

「世界としては仮初めの平和でも、人間にとっては恒久的な平和なのです」

いつかまた必ず災厄は訪れる、けれど自分が天寿を全うするまでにはその危機は起こらない。世界は何千年にもわたってそれを繰り返しているということか。

――だったら。

「あの選択は正しかった」

本物の《原典》を燃やしても、偽物の《原典》を燃やしても、世界に恒久的な平和が実現されないことに変わりはない。《未知の危機》を防げる可能性があるだけ、むしろ俺の……スティーブンたちの選択こそが正しかった。

「燃えていくね」

シエスタが儀式を眺めながら呟く。

この地球を襲った数々の危機が、神聖な焔に焚べられて高く昇る煙に昇華される。

そしてその間《連邦政府》高官の一人が席を立ち、手にした巻物を読み上げる。それは世界を守るために戦った者を讃え、また訪れた平和を守り抜く覚悟を示す詩だった。

言葉それ自体に価値があるわけではない。異国語のため、そのすべてを理解できるわけでもない。ただ俺は目を瞑ってそれを聞く。そして過去を噛み締める。

多くのものを失いながら、それでも叶えたい願いに手を伸ばして必死に駆け抜けたあの日々。その結果俺たちは最後に勝利を収めた。ハッピーエンドへと辿り着いた。戦いはすべて終わり、今はもう涙を流す者はいなくなった。

『――本当に？』

誰かの声がした気がした。

最近俺にそう囁いたのは誰だっただろうか。

「君彦？」

横を向くと渚が心配そうにこちらを見つめていた。

「いや、なんでもない」

俺がそう言って首を振った、その時だった。

――パァン！　乾いた銃声がホールに轟く。

そしてそれと同時に、白い柱の祭壇で赤い鮮血が飛び散った。

「ミア様！」

女性の焦燥に満ちた悲鳴が響いた。オリビアだ。

ホール前方、舞台の上で、駆け寄ったオリビアの腕の中に、巫女の少女が倒れ込む。

凶弾が、正義を侵略した瞬間だった。

「敵だ！」

最初にそう叫んだのは誰だったか。一瞬の後、混沌の坩堝に陥るホール。ただ確かなのは、《巫女》ミア・ウィットロックが何者かに狙撃されたということだけだった。

「……ミア」

遠くの祭壇上。オリビアの腕の中でぐったりしているミアは、肩の辺りから出血しているように見える。式典が始まる前、自分もハッピーエンドが好きだからと言って見せてくれた笑顔が瞼の裏に映った。

「なにが、起こっている？」

なにかがおかしい。なぜこうなった？

さっきから脳は焼き切れんばかりに回転しているのに、なにもまともな答えは出ない。

こんなはずじゃなかった、なんて。死んでも言いたくない愚かな言葉だけが喉から込み上がってくる。

「そんな、馬鹿なことは」

違う、俺の望んでいた未来はこんな結末じゃなかった。もう危機は去ったはずだった。

誰だ？　一体、誰が裏切った？

スティーブンか、あのカラスマスクか、それとも——

「待って、シエスタ！」

俺の隣で渚が走り出す。

いや、それよりも早く動き出していた人物がいた。

渚が手を伸ばす先、白髪の探偵が脱兎のごとく駆けていく。座席の下に隠していたマスケット銃を抱え、ミアのもとへ急ごうと宙を跳ぶように風を切る。

だがそんなシエスタを狙う人物がいることに、まだ彼女自身は気付いていなかった。

「……ッ！　シエスタ、反対の二階席を見ろ！」

そこにいたのは、黒塗りのライフルを構えたカラスマスク。インカムを通して声に気付いたシエスタが、ハッと敵を見たその時にはすでに銃声は鳴っていた。

音速を超えた弾丸が一直線にシエスタを襲う。彼女がそれを避けるためには、ほんの一秒の猶予もなかった。つまりは――

「シエスタ……！」

赤い花が咲くように吹き出した血は、その銃撃の結末を示していた。シエスタは一度その場でよろめくと、受け身を取ることもなくバタリと倒れ込んだ。

「…………ッ！」

気付けば足は動いていた。俺が今さらそこに辿り着いても意味がないだとか、そんな理屈を考える前に走り出していた。大勢の人とすれ違い、ぶつかる。誰もがなにかを叫んでいた。だが不思議とその声が聞こえてこない。

いつの間にか、音がなくなっていた。

世界からすべての物音が消え失せ、視界に映る色がモノクロに変わる。そして階段を降りきったそのタイミングで、急に平衡感覚を失った俺の身体は足下から崩れ落ちた。それでも俺は手を伸ばす。遠くで倒れ、動かなくなったシエスタへ向けてこの手を。

「シエ、スタ……」

俺は知っていた。この景色を知っていた。

そうだ。あの日、こうして探偵は――

「また、なのか」

こんな結末は、間違っているのに。こうならない未来だけを追い求めてきたのに。それでも、こうなったのは俺のせいだ。俺がなにかを間違えた。だからこの誤った未来が訪れた。だったら、俺は――

「――――！」

その時、誰かが叫びながらシエスタのもとへ走り寄る姿が見えた。

渚だ。もう一人の探偵が激情のままに駆けていく。

俺はその探偵の背中を見届けて、気付けば意識を失っていた。

【とある青年の選択】

俺は一体なにを間違えたのか。

そんなこと、本当は自問自答するまでもなく分かり切っていた。ただその結論を口に出すのが憚(はばか)られて、俺は黙ったまま一人夜道を歩いていた。

「夜道？」

どこだ、ここは。俺は今どこに向かって歩いているのか。

早く戻らないと。そしてシエスタのもとへ行かないと。なんで俺はこんな場所に――

「その答えも本当は分かっているのだろう？」

誰かがそう囁(ささや)いた。ふと前を見ると電灯の下から黒い影が伸びている。

俺に話しかけてきたのはその影の主。そいつの名を俺は知っていた。

「――スカーレット」

闇夜に浮かぶ黄色い瞳が妖しく光る。人の血を喰(く)らう白い悪魔――吸血鬼。もう二度と会うことはないと思っていた。

「なんだ、俺はまた夢でも見てるのか」

しかもただの夢じゃない。実に寝覚めが悪い悪夢(ナイトメア)だった。

「オレが出てきたことがそんなにも不満か？　人間」

スカーレットは昔と同じように、俺をそんな雑な括りで呼ぶ。

「もし俺がお前に『会えて嬉しい』とでも言ったらどうするんだ?」

「その時は誰か曲者がお前に化けていると判断し、オレは躊躇いなくその喉元を食いちぎるだろう」

「余計な気を起こさずに済んでよかった。平和にいこう」

そうして俺とスカーレットは数秒間、言葉を交わさず視線だけで語り合う。

俺たちの間に、この再会について語り合う言葉は必要ないように思えた。

「それで? ここがどこかお前は知っているのか、スカーレット」

一本道が続く暗闇の世界。唯一の光源である電灯に背を預けているスカーレットに、俺は今この状況について尋ねた。

「さあな。だがオレが知らずとも、お前は知っているはずだ」

「禅問答か?」

「それもいい。では問いに答えてみよ、人間」

続けてスカーレットは俺にこう尋ねる。

「お前は一体なにを間違えた? なにを誤り、今ここで停滞している?」

ああ、そうか。付き合ってくれるのか、俺のくだらない自問自答に。

そのためにスカーレットはここで待っていたのか。——だったら。

「どうやら俺たちの住む世界は、中途半端ってやつを許してくれないらしくてな」

俺はスカーレットと、そして自分に言い聞かせるように口を開く。

「仮初めの平和も偽物の正義も、世界は許容してくれなかった。そう簡単に《調律者》を使命から解放させはしないと、戦いから逃げることは許さないと、改めて現実を突きつけられた」

だから俺は失敗した。あの残酷な世界から名探偵を逃がそうとして、見えざる悪魔の手に足首を掴まれたのだ。ゆえに俺たちはどうすることもできなかった。最初から選択肢など存在しなかったのだから。

「戦うべき敵がいるというのは、実に気楽なものだな」

ふとスカーレットが、真っ暗な空を見上げながら口にした。

「そしてその敵は強大であればあるほどいい。そいつが存在する限り、決して自分の望みは叶わないと言えるほどの巨悪。たとえばお前の言うように、世界自体がそういう敵ならば、まさにうってつけと言えるだろう」

「……逆だろ。自分たちの望みを阻む障壁が高くていいことなんてない」

まさかどうせ登る壁は高ければ高い方がいい、などと言い出すつもりなのだろうか。

「いや、これはお前たち人類の悪癖の話だ」

しかしスカーレットは思いがけず語気を強めた。

「ヒトという種はなにか問題が自身に生じた時、必ず仮想の敵を外部に置く。そして問題が生じた原因をその敵に求めるのだ。そしてお前たちは口を揃えて言う。あの敵が悪いのだと。あの強大な敵が存在するがゆえに、自分たちはこんなにも苦しんでいるのだと」

大いなる敵と戦うのは実に楽だ、とスカーレットは言う。

「ヒトは強大な悪と戦っている自分に陶酔する。たとえその悪に屈しようと、自分たちはよく戦ったのだと声高々に慰め合う。己の願いが叶わないのも、この世界そのものが敵ならば仕方がないと納得できる」

「……俺も本当は納得して受け入れていると言いたいのか？　ミアやシエスタが凶弾に襲われたこの現実を」

「いや。そうではないから、お前は今ここにいるのだろう？」

するとスカーレットはこつこつと足音を鳴らしながら俺の周りを歩く。

「多くの人間が強大な敵に満足して敗北してゆく中で、お前はその現実を否定しようとしている。つまりお前は今、ある選択をやり直すためにここにいる」

……そうだ。俺はもう一度やり直したい。あの悲劇が起こる前に戻って、別の未来を選択し直したいと思っている。けれど、それが意味することは。

「結局、俺は《調律者》が平和に暮らす日常を否定しなければいけないのか」

彼ら彼女らが使命から解き放たれて平和に暮らす毎日を望んだ結果が、あの式典の顛末だというのならば。その運命を変えたいと願うことはすなわち、再び《調律者》に過酷な使命を負わせる決断をすることに他ならない。であればどちらにせよシエスタたちは……。

「君塚君彦、お前も本当は気付いているはずだ。仮初めの平和の脆さに」

……ああ、分かっている。それを望んだからこそ、あの最悪な結末が訪れた。

「けど俺はただシエスタに、渚に、平和な日常を過ごしてほしかった。それが唯一の願いだった。だから……」

「それが虚言であるとは思わぬ」

だが、と言ってスカーレットは俺の耳元で囁いた。

「鎧を脱げ。そこに隠れたもう一つの感情があるだろう」

俺が思わず目を見開くと、スカーレットはふっと笑った。

「オレがヒトの感情について高説を垂れるのはおかしいと思うか？」

いや、思わない。

お前にそういうことを言わせるようになったのが誰か、俺は知っているから。

「さあ、そろそろ悪夢からは目覚める頃だ」

スカーレットが俺の肩を軽く叩いた。

「なにをすべきかは分かるな？」

「……ああ、今になって分かった」

俺の手には、ある一冊の本が握られていた。あの時と同じように、俺はこの本に秘められたある能力を使う。それを思い出させるための時間と場所がきっとここだった。

「スカーレット」

すでに、俺に背を向けていたそいつの名を最後に呼ぶ。

「せっかくお前から守ったこの世界を、もう少し信じてみようと思う」

俺がそう口にするとスカーレットは「言うようになったな」と笑った。そして。

「しかしこの世界に、真に愛想が尽きたらいつでも地獄へ来い。花嫁を連れてな」

吸血鬼はそう言い残して闇へと溶けた。

「悪いが、その日は一生来ないぞ」

俺はそう呟(つぶや)き、右手に抱えた《原典》をしっかり握り歩き出した。

――未来へ向かって？　――いや、違う。

今、俺が歩いているのは過去へと続く道だった。

「俺はもう一度、やり直す」

あの選択をした、あの日の夜から。

今度こそ正しい未来(ルート)に辿(たど)り着くために。

【第四章】

◆激情の灯火

俺が最初に《原典》の持つ特別な力に気付いたのは昨日――地上一万メートルの空の上、オリビアからそれを手渡された瞬間だった。

その本を手にした時、俺には未来が見えた。

リアルな夢というのか、やけに具体性を伴う第六感というのか。これから起きるであろう出来事が、電流のように脳内に駆け巡ったのだ。

その現実のような夢の中でまず俺は、オリビアから《原典》を受け取ることを拒否した。

やはり《原典》は、そう簡単に俺が手にしていい代物ではないと思ったからだ。

オリビアは困惑したものの、俺にそれを託すことを諦めて通常業務へ戻った。だがその後、俺たちの乗る飛行機がフランスに辿り着くことはなかった。オリビアが何者かに機内で襲われ怪我を負い、飛行機は近くの空港に緊急着陸したのだ。

そして――何者かに《原典》は奪われた。

「俺は間違えた」

やはりあの時、オリビアから《原典》を受け取らなかったのは誤りだった……そう強く後悔した瞬間、気付けば俺はまた飛行機の中にいて、目の前にはオリビアが立っていた。そして俺の手にはまた《原典》がしっかりと握られていた。

最初は一体なにが起きたのか分からなかった。俺はオリビアに無事を確かめ、また渚に今の時間を訊き、しかしまったく時の流れが進んでいないことが判明した。

過去に戻っている、そう思った。

その後よく考えると過去に戻ったわけではなく、俺は未来を見たのだと気付いた。

つまりこの《原典》は、所有者がなにか大きな判断に迷った時に、それらの選択肢の先にある未来を見せてくれることがある。それはまさに《巫女》ミア・ウィットロックの未来視の能力に近い。ゆえに俺は《原典》を通して《巫女》のその力を借りているような状態なのだろうと推測できた。

――このことはまだ誰にも話すべきではない。すぐにそう思った。もしもこれがシエスタや渚に共有すべき情報であるなら、最初からミアは言葉でそれを説明していたはず。だが彼女はそうしなかった。使者であるオリビアにさえも伝えなかった。それはつまり、《原典》の力を知るのは君塚君彦だけであるべきだと、ミアがそう考えているのではないかと推測できた。ゆえに俺は《原典》の本来の所有者であるミアの意思を尊重した。

しかし、もう一つ俺には懸念があった。それは、ミアすらもこの《原典》が持つ本当の力を把握していないのではないだろうかという可能性だ。その場合は、この話をミアに確認すべきかどうかさえ判断に迷う。よって俺はまず、この《原典》の詳細についてもう少し時間を使って見極めることにした。

そうして《原典》を肌身離さず持ち歩くことにしたが、しばらくの間はなにも不思議なことは起こらなかった。試しにあえて小さな選択で迷い、それに応じた未来を見ようとしたが、《原典》は力を発揮しなかった。やはり大きな分岐点でしか未来は見えないのか、あるいは望んだ時に必ずしも能力が使えるわけではないらしい。

そうしてようやく次に《原典》が俺に未来を見せたのは昨晩のことだった。シエスタと言い争いをし、ブルーノと会談をしたその後。分岐点は——スティーブンに会うのか、それとも渚に会うのか。俺は前者を選び、《原典》を手放した。仮初めの平和を選ぶことで、探偵たちの日常を守ろうとした。その結果なにが起きたのか、今再び語るまでもない。

——だから。

「やり直そう」

俺はスカーレットと出会ったこの夜道で……時空の狭間で決断する。だがやり直すと言ってもそれは、現実から過去に戻るわけではない。厳密に言えば、未来から現実に戻るのだ。ミアやシエスタが凶弾に倒れるあの未来の可能性を否定し、別の未来を選択する。

目の前にある二つの分かれ道。スティーブンに会い、《原典》を《未踏の聖域》の使者に渡したルートの行き着く先はすでに見た。ゆえに俺はもう一つ、渚に会いに行く道を選択する。それに渚はもう一つの未来でこう言っていた。

なにかに迷った時だけでも、自分を見て——と。

だから今、俺はその言葉を信じる。そしてあの未来での最後、倒れたシエスタのもとへ一直線に駆けていった渚の背中を追いかける。

「もう一度ここからだ」

そうして俺は、最初とは違う道を選び歩き出した。その後、間もなく光の中に包まれるような感覚があり、気付けば俺は再び昨日の夜に帰ってきていた。

ゆえにこれから始まるのは、昨晩あのバーでブルーノと別れた直後の物語。

スティーブンからの電話には応答せず、渚と会うことを選んだ世界の話だ。

「……お待たせ。う〰〰、寒い」

星が出ている冬の夜。ライトアップされたエッフェル塔が見える公園。

コートを着た渚が身を縮ませながら、待ち合わせ場所にやってきた。

「ああ、悪いな。わざわざ出てきてもらって」

俺も外套の襟を立てながら渚に向き直る。

そして今し方、ブルーノに会って話してきたことをかいつまんで説明した。俺にとっては二度目の説明だが、それも仕方ない。結局ブルーノに式典の参加を辞退させられなかったことを伝えると、渚は「そっか」とため息を漏らした。

「でも、その話ならここじゃなくてホテルでも良かったのに」

「今、部屋に戻ったらどうせシエスタが俺の文句言ってるだろ」

「え、なんで知ってるの？　……じゃなかった、そんなこともないけど？」

目が泳ぎすぎだ。そもそも渚が教えてくれた話なんだけどな。

「確かにちょっと怒ってはいるけど、それ以上に戸惑ってもいたかな」

それから渚は苦笑いしながら、俺が喧嘩をした直後のシエスタの様子を語る。

「なんで助手は分かってくれないんだろうって、私は《名探偵》としての仕事をしてるだけなのにって」

「……そうだな。多分あいつの方が正しい。間違ってるのは俺だ」

「お、珍しい。じゃあ早く帰って謝ったら？　普通に許してくれると思うよ」

「それじゃ駄目なんだ」

首を捻る渚に俺はこう言う。

「俺はあいつにも間違えてほしいんだ」

シエスタの正義感は正しすぎるから。世界や周囲の人間を守るためには、自分を犠牲に戦い続けることも厭わないから。

そうやってあいつはかつて永遠の眠りに就こうとした。それも二度もだ。だからようやく災厄が終わって、悲劇の連鎖が止まって、平和になったこの世界では、もうそんな正しさは捨ててほしかった。

「段々、戻ってたもんね、あの頃のシエスタに」

渚(なぎさ)もそれには気付いていたのか。白い息を吐きながら遠くのタワーを見つめる。

二週間前に《連邦政府》に呼び出されて、そこでノエルから《調律者》への一時的な復職を依頼されてから、シエスタは段々と《名探偵》であった頃の自分を取り戻していっているようだった。

まだ見ぬ未知の危機を知り、《名探偵》代行を引き受けた。その後風靡(ふうび)さんに会って《調律者》であった頃の出来事を思い出し、かつて戦った敵と似た存在にも遭遇した。そうして再び手にしたマスケット銃は戦場の感覚を思い出させ、シャーロットにその武器の整備を依頼した。

またブルーノに危機が迫っていることを知ったシエスタは《名探偵》としての責任をより感じ、さらにクルーズ船で《未踏の聖域(アナザーエデン)》の存在に触れたことで彼女の使命感は本物に戻った。……俺はどうしてもそこに、危うさを感じずにはいられなかったのだ。《名探偵》のあまりに完成された正義に。

「お前はどうなんだ？　渚もまた思い出してたんじゃないのか、あの頃のことを」

俺が抱えていた不安は当然、シエスタにだけ向いているわけではなかった。

もう一人の探偵、夏凪渚。彼女もかつて自分を犠牲にしてシエスタを救おうとしたことがあった。心臓を元の持ち主に返し、世界をあるべき姿に戻そうと。自分の役目はあくまでも探偵代行だからと、そう言って。

「そもそも、一度だって忘れてないよ」

「……それは結局、今の渚はずっとあの頃のままってことか？」

あの頃の、自分を犠牲にしていた探偵代行の。

「うん。でもね？　その時、君彦が怒ってくれたことだって忘れてない」

渚のルビー色の瞳が明るく燃える。

「君彦が怒って、泣いてくれたこと。あたしが信じた正しさを否定してくれたこと。その全部が今のあたしを作ってるから。だから一度も忘れてない。正しかったことも間違えていたことも、一度だって忘れてない」

きっとシエスタも同じだよ、と渚は言った。

そうか、伝わってるのか。シエスタも覚えてるのか。

だからあいつも俺と同じで迷っている、その最中にいる。

「君彦はさ、今も昔も探偵のことが好き過ぎるんだよね」

渚はそう笑いながら近づいてくると、巻いていた自分のマフラーをなぜか俺の首に掛けた。そしてネクタイのようにして「えいえい」と引っ張ってくる。

「やめろ、くるしい」

「最近、立場が逆転してばっかだから、たまには理解らせようと思って」

「三年前、放課後の教室で出会ったその一瞬だけはドSキャラだったな」

「い、一瞬だけって。そんな、それ以外の時はずっとドMみたいに」

不服そうに唇を尖らせているが、今さらキャラの軌道修正を図るのは無理だぞ?

「ねえ、君彦」

それから渚は少しだけ真面目な口調に戻ってこう訊いた。

「昔のあたしは、どんな顔をしてた?」

一瞬、質問の意図が分からなかった。

だがそれは、さっき俺が語っていた昔話のことなのだと遅れて気付いた。

「君彦が大事にしてくれてる過去の思い出のあたしやシエスタは、その時どんな顔で笑ってた? どんな顔で怒って、どんな顔で泣いて、どんな風に輝いてた?」

そうだ、探偵は笑ってばかりではなかった。

楽しいだけの旅ではなかった。危険な日にも沢山遭い、何度も死線をくぐり抜けた。

だけどその先にあった、激しく迸る感情に満ちた探偵の顔は。

「ねえ、君塚」

夏凪が昔と同じように俺を呼ぶ。

「あんたは、どんなあたしたちのことが好きだった？」

俺は。あの頃の、俺は——

「ううん、違うよ」

渚の人差し指が、言葉を発しようとした俺の唇を押さえた。

「それを言うのは今ここじゃない。あたしにじゃない」

「……ああ、そうだな。今はまだとっておく」

そう言うと渚は微笑を浮かべて小さく頷いた。

「じゃあ、そろそろ帰るか」

時計を見ると間もなく二十三時。明日のことを考えると少しでも早く休んだ方がいいだろう。そう思い踵を返した俺の手を、ふと誰かの手が握った。

言うまでもない。渚の手だった。

「……ごめんね。偉そうなこと言って」

渚の額が、とん、と俺の背中に触れた。

「なにを言ってる。十分、力を貰った」

俺は背を向けたまま渚にそう言う。出会った日からずっと、渚は必ず俺が欲しい言葉をくれる。それはどんな時も激情の火を絶やさない彼女だからできることだった。

「ううん、さっきのは探偵としての言葉だから。今から言うのが夏凪渚の本音」

渚はそう断って、俺の背に額を預けたまま語り出す。

「ずっと嫌な役を負わせて、ごめん。決断を押しつけてしまって、ごめん。あたしたちに平和を与えようとしてくれて、ありがとう」

渚の声に、わずかに涙が滲んでいるのが分かった。

「本当は怖いと感じたこともあった。昔、命を賭けて戦ったことも。あの《大災厄》のことも。そして今、また世界に関わろうとしてることも。だから、そんなあたしを救おうとしてくれて……」

「……やめろ」

俺は渚に感謝なんてされる立場にはない。俺がこれまで何度お前の言葉に救われて、突き動かされて前を向いてきたと思う？　だからそんな渚やシエスタに、せめて平和な日常を送ってほしいと願うことは、恩を返すどころか俺のエゴに過ぎない。だから渚が俺に、ありがとうだなんて言う必要はないんだ。

「ダメだよ。誰か一人ぐらい、君彦のことをちゃんと言葉で認めてあげなくちゃダメ。シエスタは、きっと不器用だから。せめてあたしが言う。――ありがとう。あたしたちの助手でいてくれて、一番のパートナーでいてくれて、ありがとう」

渚の声に、額に、熱が帯びる。

だが今はなによりもその涙が気になった。

「やれ、お前を泣かせたらダメって約束なんだけどな」

これじゃあまた次に夢を見た時にヘルに怒られてしまう。俺は振り向きながら、まだ首に掛かったままだったマフラーを外し、持ち主である渚の首元に巻き直した。

「謝罪も感謝も必要ない。俺が渚やシエスタに平和に暮らしてほしいと願うのはただ……俺がお前たちのことを好き過ぎることが原因なだけだからな」

だから気にするなと。俺は自分がだいぶアレな台詞を吐いている自覚はしつつも、多少は大人になった証として素直に告げた。

すると、言われた渚は驚いたように口を少し開く。

だがそれからしばらくして、マフラーを少し握りながら、赤くなった顔を背けると「へたくそ」と俺を罵った。どうやら女の子へのマフラーの巻き方はこれから練習する必要がありそうだった。

「ん、綺麗だな」

ふと遠くから眩しさを感じて横を向くと、エッフェル塔がさっきまでと違う光り方をしていた。そういえば日没後、毎時五分間だけこういうフラッシュが見られるんだったか。

「渚、どうだ？　この景色も見られたということで、寒い場所に呼び出したことは不問にならないか？」

俺がそう軽口を飛ばし、渚の方に向き直ろうとしたその刹那。

左の頬に、熱く柔らかいなにかが触れた。

渚から俺への口づけだった。

「……これは、労いだから」

渚の唇が俺の頬から離れ、だがその瞬間、熱い吐息が漏れる。

「探偵から、普段頑張ってくれてる助手への感謝の印。それ以上の意味はないの」

だから、と言いながら渚はマフラーで自分の口元を隠す。そして。

「勘違いしたら、半殺しだから」

いつもの口癖に比べると、随分弱々しい反撃を口にしたのだった。

◆それが、うたかたの夢だったから

翌日。ホテルで目覚めると、空きのベッドが二つあった。だがその理由は分かっている、特に心配することもない。

昨日の夜は渚に会ってそのまま二人で宿泊先のホテルへ帰った。ゆえに《原典》の力で見たあのスティーブンらとの密談は行われていない。

それでもそれ以外の時間は、ほぼ同じように流れている。部屋で一人佇んでいるとやがてノエルが俺を迎えに来て、式典が行われる宮殿へと向かった。

　また、そこでミアとリルと再会し、一度見た未来の通りに話に花を咲かせる。もう少しリルに気の利いたことが言えれば良かったのだが、それはまた次の機会に持ち越そうと思う。きっとまた彼女と会うことはあるだろう。

　肝心なのはその後、ミアに《原典》を返す時だった。もう一つの未来とは違い、俺は《原典》をあのカラスマスクに渡していない。

　つまり今度こそ俺は、本物の《原典》をミアに手渡した。

　シエスタや渚がリルと談笑している間に、俺とミアはそのやり取りを交わす。

「そう。これが君彦、あなたの答えなのね」

　ミアは一度聞いたのと同じ台詞を口にした。

　だがきっとあの未来とは言葉の意味が違う。

「本当にこれでいいの？」

　受け取った《原典》を胸に抱きながらミアは俺に訊く。自分のもとへこれが戻って来たということは、《未踏の聖域》との取引が失敗したというなによりの証明になる。確かにミアは俺に判断を委ねていたが、彼女の心はある一方に傾きつつあったはずだった。

「完全な正義と仮初めの平和」

　俺がそう呟くとミアは肩をわずかに跳ねさせた。

「どっちが正しいのか、どっちが間違っているのか。俺には分からない。というか、分かっていいはずもない」

それを決める権限が俺にあるとは思えない。それに、いつか答えが出るのだとしても、今はまだその時じゃない。

「少なくとも、この式典が終わるまでは待ってみてもいいはずだ」

それまではもう少しだけ足掻(あが)かせてもらおう。

「……分かった。私も協力する」

そうして俺たちは二度目の握手を交わす。一度目とは少し意味合いが違う。けれどその一度目があったからこそ、今ここに辿(たど)り着(つ)けた気がした。

「あ、そうだ。ミア、もう少し話しておきたいことがあるんだが……」

それからしばらくしてミアとリルはその場を立ち去り、後には俺、シエスタ、渚の三人が残された。あの未来と同じ状況だ。そしてまたなんとも言えない気まずい空気が流れる……が、あの時とは違うところもある。

「シエスタ、この後の舞踏会だが俺と踊ってくれ」

俺は真っ先にそう先手を打つ。シエスタと喧嘩(けんか)したままなのは昨晩から変わらない、あれからまだ一言もちゃんとした会話は交わしていなかった。

しかしシエスタは俺のそんな申し出に対して怪訝(けげん)そうにする。

「なんで私と？　それに私はミアと踊る約束が……」

「ミアには譲ってもらった。残念ながらお前のパートナーは俺しかいない」

「なにそのよく分からない手回しは？　というか、渚はいいわけ？」

「別にいいよ。あたしは昨日の夜、君彦と夜の公園でお楽しみだったし」

「え、マウント？」

人が眠っている間になにしてたの……とシエスタは、信じられないものを見るかのような視線を渚に向ける。だが渚は軽く笑いながら手を振って去って行く。そして俺とのすれ違いざま、「あとは任せたよ」と囁いた。

やがて音楽が鳴り始め、俺は棒立ちのままのシエスタに手を差し出す。するとシエスタはため息をつきながらもその手を取った。

「それじゃあ、行くぞ」

俺はシエスタの白い手を握り、彼女の腰にもう一方の手を回す。

いつもとは逆だ。俺から彼女の手を握ることはあまりない。気付けばいつもシエスタが俺の手を引いてくれていたから。

「君、踊れるの？」

「俺がそういうの得意に見えるか？」

「ううん、全然」

真顔で言うなよ。俺は音楽に身を任せ、見様見真似（みようみまね）の不器用なステップを踏む。

「……やっぱりシエスタがリードしてくれ」

周りが優雅に踊っているところを見ると、段々と自分が居たたまれなくなってくる。

「はあ、仕方ないなあ」

嘆息するシエスタ。だが次の瞬間、彼女が手をぐっと引っ張ったことで、俺は身体（からだ）ごと引き寄せられた。密着したシエスタの身体のライン。そこから熱が直接伝わってくる。俺は彼女のリードによって自然と足を動かすことができた。

決して男女の役割が交代したわけではない。傍目（はため）から見れば俺が彼女をリードしているようにさえ見えるだろう。三拍子のワルツに誘われて、俺とシエスタはメリーゴーラウンドのようにくるくると回る。そんな時、ふと周囲の視線を感じた。

「見られてるね、私たち」

シエスタが蠱惑的（こわくてき）に微笑（ほほえ）んだ。胸元の開いたドレス、いつもとは違うヘアメイク。大人になった彼女と、今だけは余計なことを忘れて踊る。

「恥ずかしい？　大勢の人に見られて」

まさか、そんなこと。

誇らしかった。彼女が今この世界の中心にいることが。

「悪かった」

俺はシエスタの目を見ながらそう謝る。

「それはいつの、なんの謝罪？」

シエスタは少しだけ目を逸らし問い直す。

「なんであああいうすれ違いが起きたのか、昔を思い出しながら俺なりに考えてみた」

だが俺はすぐにその問いには答えず、まずはそこに至るまでの言葉を探す。探偵と助手にとっては、結論よりも先に仮説が大事だった。

「俺たち、最初に旅に出た頃から相当色んなことで喧嘩したよな」

「せっかくの旅の振り返りが喧嘩の思い出から？」

いや、俺もどうかと思ったが真っ先に浮かんだのがそれだったんだよ。

「まあ、でも確かに。君は私を怒らせるようなことばかりしていたからね。一週間野宿が続いただけで不機嫌になるし、新しい武器を買いに行こうって言っても楽しそうにしないし、私が昼までぐっすり寝ていたら起こしてくるし」

「お前が俺に求める新しい生活ハードルがいきなり高すぎたんだよ」

しかも最後のは俺、絶対悪くないだろ。

「シエスタが俺にもたらしたその非日常で、俺は何度も死にかけた」

「だからそうならないように、私は守ったでしょ。何度も君を」

「ああ、何度も守られた。……その分、お前だって何度も危険な目に遭った」

シエスタは再び目を背ける。

手を動かし、足を動かしながらも俺たちはあの苛烈だった日々を思い出す。

「そういえば、君にも怒られたんだったね。最後まで責任を持って俺を守れって。だから勝手に死のうとするなって」

シエスタは自嘲しながら、また俺を見上げた。

「私のそういうところが嫌いだった?」

「ああ、嫌いだった」

だからあの時も。シエスタの心臓で《種》が侵食し始め、彼女が自ら姿を消そうとした時も、俺たちは同じような対立をした。俺はもっとシエスタに我が儘でいてほしかったのだ。世界よりも、俺たちのことよりも、自分自身を大切にしてほしかった。

「俺はあの日、それが伝わったと思ってたんだ。お前はあの時、俺と紅茶を飲みたいと言ってくれたから」

生きたいと、そう願いを口にしてくれたから。

「だから、君は昨日……」

「ああ、俺はこの一年間の平和な日常こそが、探偵の望むものだと信じていた」

シエスタだけじゃない。渚もそうだ。

戦いを終えて使命を果たした二人の探偵は、ようやく幸せな結末を迎えられたのだと思った。かつて二人が俺に沢山のものをくれたように、今度は俺が二人にそれをあげられたのだと、傲慢かもしれないがそう思ったのだ。

「でもそれは俺の勘違いだった」

「……助手、それは」

「いや、聞いてくれ。決して卑下しているわけでも、自嘲しているわけでもないんだ」

ただ俺は自分の誤りを認めたい。

それは昨晩、渚と話して、彼女に問われて気付いたことだ。

『あんたは、どんなあたしたちのことが好きだった？』

俺は今、その命題に答えを出す。

「さっき俺は、自己犠牲を厭わなかったお前が嫌いだと言った。……でも」

本当にこの先の言葉を口にしていいのか分からない。俺はこれを否定するために今までずっと行動してきたはずだった。この願いを持ち続けたからこそ俺は前に進み、未来を見てこられた。これを言ってしまうと、そのすべてを覆すことになりかねない。俺が望んでいた日々は再び遠ざかってしまうのかもしれない。——それでも。

「そんな儚い探偵の姿を、俺は美しいとも思っていた」

桜のように散ることも厭わない、一瞬の煌めきで燦然と闇を晴らす名探偵は、誰よりも目映く輝いていた。そんな目も眩むような探偵のことが俺は好きだった。

「だからこれは謝罪なんだ」

きっと俺が本気でシエスタに頭を下げるのはこれが初めてだった。

「俺は自分のエゴで、お前を死なせたくなくて、名探偵の誇りを汚そうとした。──悪かった。許してくれ」

音楽はまだ鳴り止まない。俺はシエスタの身体を引き寄せながら許しを請う。

「私は、格好良かった？」

シエスタは少しだけ不安そうに、縋るように訊いてくる。

彼女の顔は俺の胸のあたり、腕の中にあった。

「ああ、美しくて、格好良くて、輝いていた。そんなお前の誘いだったから、多分あの日俺はこの手を取った」

地上一万メートルの空で出会って、お前は俺の家や学校にまで乗り込んできて、俺の抱えていた問題に答えを示した。そうして世界へ旅立とうとシエスタが差し出した手を、あの時俺は握ったのだ。彼女の隣を歩けば、なにかが大きく変わるような気がしたから。

「だから一生一緒にいてくれってあの時言ったの？」

シエスタは少し微笑みながら七年前のことを持ち出してくる。あの日、日本を発つ直前の空港で「私の助手になってよ」と最後の勧誘をしてきたシエスタに対して、俺はついそんなプロポーズまがいの発言を口にした。

「俺の記憶では前言撤回したはずだったが？」

「そうだっけ？　私は少し本気にして、君を三年連れ回したんだけど」

俺たちはそう言い合って互いに破顔する。

音楽が一度大きく盛り上がる。もうすぐ曲が終わりパートナーを交代する時間だった。

「じゃあ、シエスタ。今改めて言わせてもらう」

シエスタが小さく首をかしげる。

「一生一緒にいてくれ」

青い瞳が大きく見開かれるのが分かった。

「一生離れるな。一生どこにも行くな。一生ずっと、隣を歩かせろ」

これまで何度もシエスタが世界からいなくなった光景が頭を過ぎった。

俺はそれらを今、言霊を信じて強く、強く否定する。

「なにがあってもいなくなるな。これから先、俺をどこへでも連れて行け。どこへでも行ってやる。どんな理不尽も乗り越えてやる。だから――」

「――誓うよ」

シエスタの眩しい瞳が俺を見つめる。

もう音楽は聞こえない。今だけはシエスタの声しか聞こえなかった。

「一生君を連れ出してあげる。一生君を理不尽から守ってあげる。一生君とバカをやってあげる。だから――」

シエスタが俺の胸にこつんと額を預ける。

「一生私を幸せにして」

そうして俺たちはダンスの足を止める。荒い息、火照った身体（からだ）。それから少しだけ冷静になって、段々と周囲の声も聞こえてくる。いつの間にか音楽は終わっていた。俺とシエスタは見つめ合ったままで、だがやがてどちらからともなく視線を外した。

「枕詞（まくらことば）は、探偵として、か？」

「君こそ、助手として、でしょ？」

それから再び俺たちの視線はかち合い、どちらからともなく笑い出した。そうして珍しくおかしそうに涙を拭う彼女の微笑（ほほえ）みは、やはりあの日と同じ一億点の笑顔だった。

「さて。それじゃあ、助手。これからどう動く？」

そうして間もなく、これまでの空気を切り替えるように探偵は助手に判断を仰ぐ。

ああ、ここからが本番だ。

俺は一つ深呼吸を挟み、あの未来とは違う答えを選択した。

「シエスタ、作戦決行だ」

◆悪の行進

舞踏会が終了し、俺たちは《聖還の儀》が行われる会場に移動した。

時刻は十九時前。ここまでの時間の流れは一度見た未来とほぼ同じだ。だがそれは、俺が努めて同じ行動を取っているからというのもあった。

というのも、あまり大胆に行動を変えて環境を変化させ過ぎてしまうと、せっかく一度見た未来が当てにならなくなってしまう。ゆえになるべく最初と同じルートを辿(たど)りつつ、どうしても変えなければならない部分にだけ照準を絞って、言動を変更するようにしていた。そして今、俺はまた一つだけ行動を変える。

「お席はこちらでよろしいですか?」

「ああ、ここなら十分だ」

俺はノエルの問いに頷(うなず)き、ホール一階左前方の座席に腰を掛ける。

儀式で使われる祭壇までの距離はおよそ二十メートル。前回よりは近くなった。

「悪いな、無理言って移動させてもらって」

「いえ、なるべく近くで儀式をご覧になりたいという気持ちは分かります。《調律者》の皆様にとって、最後の舞台ですから」

……ああ、そうだな。無事にこの式典が終わればだが。

「ところでシエスタはどうした？　やけに遅いな」

俺は隣に座っていた渚にそう尋ねる。あの舞踏会が終わってからというもの、シエスタの姿が見えなかった。

「女の子が席を外してる理由をいちいち気にしないの」

「ああ、トイレか」

「デリカシー道端に捨ててきた？」

渚の凍るような視線が突き刺さる。失言だったか。

するとノエルが一度目と同じようにそう告げる。

「あと五分ほどで始まりますね、もう少々お待ちください」

俺はその時間で今考えるべきことを整理する。

ここまではどうにか順調だ。探偵と向き合い、巫女とビジョンを共有し合い、俺自身のスタンスも固まった。だがここから先は未知数なことも多い。

儀式中、恐らくまたミアを狙った銃撃が起きる。しかし、なぜミアが狙われるのか。一度目の未来では《原典》を燃やす寸前で狙撃が起こった。普通に考えればその《原典》を奪うためであると考えられる。

だが、あの《原典》は俺のすり替えた偽物だ。であれば狙撃を行った犯人はそのことを知らなかった？　……いや、それはない。俺は確かにこの会場で、黒塗りのライフルを構えたカラスマスクの姿を見た。あいつはすべてを知っているはず。ゆえに知った上で裏切ったのだ。

「つまりあいつらには《原典》を奪うこと以外に目的がある」

俺は誰にも聞こえない声で呟く。

あいつら——そこにスティーブンや他の《調律者》が含まれるかどうかは分からない。しかし少なくともあの《未踏の聖域》から来たカラスマスクはやはり敵。《未知の危機》はこれから間違いなく起きる。俺たちはそれを討ち払わなければならない。

「結局、元通りになったのか」

あの日ノエルに呼び出されてシエスタと渚が《調律者》としての権限を取り戻し、ブルーノに依頼されて二人はまた《名探偵》に戻った。そうして当初話していた通り、俺たちはこの式典で起きる《未知の危機》と戦う。

運命はそう簡単に変わらない。けれど戦い方を変えることはできる。その準備はできる限り整えたつもりだった。

「お待たせ」

と、その時。待ちわびた人物が渚の隣に座った。

「遅かったな、シエスタ」

「うん、ちょっとメイクを直しててね。どう？」

彼女は小首をかしげ俺に感想を問う。

「ああ、まるで別人のように見違えた」

「意外とストレートだね」

と、俺たちが何気ない会話を交わしたその時だった。

どこからともなく、低い音の鐘が鳴る。そして。

「始まります」

ノエルがそう合図をして、俺にとっては二回目の《聖還の儀》が始まる。

ホールの屋根が開き、仮面を被った高官らが現れて、法螺貝を吹いたり薪に火を焚べたりと、一度見た光景と同じものが繰り返される。

そして次にミアが壇上に登った。オリビアに手渡された《聖典》を炎の渦に投じ、《巫女》としての役目を果たしていく。白い煙が上がり、壇上を取り囲む高官たちは異国語の巻物を読み上げる。だが俺には今、それを見届けるよりも他にやるべきことがあった。

「どこにいる」

俺はホールをくまなく観察する。どこかにいるはずなのだ、あのカラスマスクが。必ずライフルを持ってどこかに隠れている。そして巫女を狙っている。

一回目の未来では、反対側の二階席に奴はいた。だが今ここから観察する限り、カラスマスクの姿は見えない。警備隊を重点的に配置させたことがバレたのか？

「……君彦、もうすぐ」

渚が小声で俺に耳打ちをする。もうじきミアは《原典》を手にする。事が起こるとすればその時だ。

俺はこれから起きるであろうことを二人の探偵にも伝えていた。当然ながら彼女たちは半信半疑ではあったが俺の作戦に乗ってくれている。だからこそ今ここで失敗するわけにはいかない。

だが、やがてその時はやって来た。従者としてそばに控えるオリビアが、ミアに《原典》を手渡す。ミアはそれを受け取り、燃え盛る炎に向かって差し出した。

――遂に俺が反対側の二階座席にいるそいつを見つけたのは、すでにライフルの銃口がミアに向けられていた時だった。

「っ、どんなトリックを使った？」

結局、敵は同じ場所に現れた。確かにさっきまではいなかったはず。だが突然、本当に瞬間移動をしたかのごとくカラスマスクはそこに顕現した。

「ミア！」

俺が叫ぶと、壇上の彼女はキッと瞳を鋭く細める。彼女にもまたこの銃撃のことは伝えてある。だが今その名を叫んだところで、音速を超える銃弾のスピードにミアが対応することはできない。

「――大丈夫。未来が分かっているなら、それから逆算した行動を取ればいい」

そう言ったのは、青いドレスを身に纏う白髪の少女だった。そして彼女のその台詞はすでに数秒前に置き去りにされている。

俺がミアの名を叫んだ時にはもう、白髪の少女は壇上へと跳んでいた。

銃声が鳴ったのはその一秒後。

誰もが目と耳を覆う中、俺だけはその舞台上を注視する。

身を伏せるミアの前に立つのは《名探偵》を代行する者――彼女は右手で握ったマスケット銃を剣のように薙ぎ払い、襲いかかる凶弾を打ち払った。

「敵だ！」

最初にそう叫んだのはブルーノ・ベルモンドだった。

一度目では見えなかった景色も、今なら多少は冷静に見ることができる。

俺たちがいる席とは反対の右前方に座るブルーノが指差す先には、赤いローブのカラスマスク。だが敵はそれに反応して、今度はすぐさまブルーノに銃口を向けた。

「おじい様！」

ノエルが叫ぶ。例の手紙の内容が俺の頭にも過ぎった。しかし、それに対する準備はできている。ブルーノを取り囲むように座っていた《白服》の軍人たちが銃器で迎撃を試みる。するとその銃撃で武器を落としたカラスマスクは、手数において分が悪いと踏んだのか、人間離れした跳躍で一度大きく距離を取った。

「渚、今のうちに」

「うん、任せて。まずはリルのところに」

俺たちは頷き合い、手筈通りに動く。未知なる敵が現れることが決まっている以上、まずなによりも優先すべきなのは、戦場から人を減らすこと。

見渡すとすでに自主的な避難が始まっているようだが、俺たちはそれをサポートする。

渚は足が不自由なリルを始めとして、他の一般人らを逃がしていく。

「シエスタ！　ミアを頼む！」

銃撃のターゲットとなったミアもまた優先的に逃がす必要がある。俺は白髪の少女がミアを抱きかかえ、オリビアらと共に出口へ向かうのを確認する。これで《原典》も守られた。

「あとはブルーノの避難を……」

そう思い再び会場の反対側に目を移そうとした時、階下の開けた場所で《白服》たち十数人がカラスマスクを取り囲んでいるのが見えた。《白服》は通常の銃器だけではなく見たことのない形状の重火器や刀剣を構え、カラスマスクに向けている。

そんな状況の中、カラスマスクは、たん、とその場で軽く跳んだ。

たん、たん、たん。

一定のリズムで垂直に跳ね、それが七回ほど続いた後、敵はふと姿を消した。

一瞬で《白服》たちの目を欺くように消え失せ、その数秒後に俺が目の当たりにしたのは一斉に人の頭部が宙を舞う光景だった。血飛沫が、穢れのない白き服を赤く染める。

一体どうやって《白服》たちの首を切り取ったのか。その答えを知るであろう張本人は、気付けば床に降り立っており、次に遠くの《情報屋》へと顔を向けた。

「ブルーノ！」

俺が叫ぶのと同時、事態の切迫に気付いた警備隊が加勢に来る。そうして一挙にカラスマスクへ向けて発砲するも、銃弾は敵に命中する前に虚空へと消えていく。あのクルーズ船と同じ現象だ。すると今度はカラスマスクが両手で銃のジェスチャーを取る。

ばん、ばん、ばん。

実際に銃声が聞こえたわけではない。だがその人差し指を向けられた隊員は皆、まるで本物の銃に撃たれたかのように倒れ込んだ。

だがそのわずかな時間の足止めは、世界の知たる命を救う。ブルーノは会場の惨劇に顔を顰めながらも、護衛の人間に促されて出口を潜った。

「ノエル、俺たちも急ぐぞ」

俺はノエルの手を取り一番近い出口を目指す――が、次の瞬間、ふと目の前にカラスマスクが現れた。黒い仮面を被ったそいつを間近にして、足が固まる。ただの恐怖ではない。本能的に動けなかった。自分よりも上位たる存在が放つ殺気の前に。

「――」

黒く空いた瞳はなにも語らない。ただその時、俺たちの間を味方の銃弾が通過する。それを見てカラスマスクは人間離れしたアクロバティックな動きでその場を去った。後にはそいつの獣の匂いだけが残された。

「……！　君彦様、これは……」

ノエルが目を見開いて周囲を見渡す。

俺は、あのカラスマスクが去ったことでつい気を緩めていたのかもしれない。ほんの一瞬後に、気付けばホール内に新たな敵が侵入していた。その数――目算で五十人以上。ライフルやマシンガンを構えた、ガスマスクを被った黒ずくめの男たち。そいつらは最初から陣形を決めていたように、いまだ三百人近くが取り残されたこのホールをあっという間に包囲した。

「こいつらも《未踏の聖域》の住人なのか……？」

状況は、当然ながらいいとは言えない。あのカラスマスクはどうやらこのホールから姿を消したようだが、武器を持っていたこちらの味方はほぼ全員が制圧されていた。

そしてこれは幸か不幸か、見渡す限りこのホールに名探偵の姿はない。無事に他の人質と共に逃げられたのだろうが、逆に言えばこれから彼女らの助けを借りることもできない。ミアやリル、そしてブルーノもいない。ここに残されたのは特別な力を持たない非力な人間ばかりだった。

「君彦様、このままでは……」

「大丈夫だ。少なくとも敵は、すぐに俺たちを殺すつもりはない」

この陣形は俺たちを外に逃がさないためのもの。それはつまり、敵はこれから俺たちになにか交渉をしてくるつもりのはずだ。

その予感は次の瞬間、的中する。

ホールの屋根が閉じ、前方スクリーンに映像が映し出された。

そこに現れたのは再びカラスマスクを被った人物。さっきまでここにいたあいつか、それとも中身は別か。

男かも女かも分からないそいつは、やはり合成音声のような奇妙な声でこの正義に対するテロの動機をこう告げた。

『レンポウセイフ　オ前タチノ隠ス　世界ノ秘密ヲ　ココニ明カセ』

◆仮面の人形

回答の制限時間は十分。それまでに要求が満たされなければ人質を一人殺す。

カラスマスクはそうルールを告げて、映像を切った。

後に残された俺たちは、再び混乱の渦に放り込まれる。

「……やっぱり敵は《未踏の聖域(アナザーエデン)》」

掌(てのひら)に刺さった爪の痛みで、拳を固く握っていたことを思い出す。

やはり《未踏の聖域》の使者は、《連邦政府》に対して世界の秘密なるものを提示するよう強要している。それが敵の最大にして唯一の目的であり、《原典》を渡しさえすればなにも手出しをしないというのは嘘(うそ)だった。

つまり、もう一つの未来(ルート)で俺はスティーブンに騙(だま)されていたのか。あるいはスティーブンもまたあのカラスマスクに騙されていたのかもしれない。だがいずれにせよ、これではっきりしたことがある。《未踏の聖域》の使者たちは、世界の秘密とやらを政府が明かさない限り、攻撃を止(や)めない。最早(もはや)、交渉も取引も意味をなさないのだ。

「ノエル、最後に一度だけ訊(き)いていいか？」

いまだ混乱とざわめきが止まないホールで、俺は隣にいるノエルにそっと尋ねる。

「ノエルは本当に、あいつらが言うものに心当たりがないんだよな？」

「……ええ、本当です。仮にわたしよりもっと上の序列の人間は知っていたとしても、新参のわたしにはそれを知る権限がないのです」

ノエルは唇を嚙(か)みながら首を振る。嘘(うそ)は言っていない。彼女の顔色を見て、瞳の動きを見て、声の震えを聞いて俺はそう判断した。

「分かった。だったら、それを知っている人間に訊(き)きに行く」

「君彦(きみひこ)様……？」

立ち上がる俺をノエルが見上げる。それを尻目に俺はホールの最前列に歩いて行く。

そこには逃げ遅れたのか、あるいは最初から逃げる気のなかった《連邦政府》の高官たちがいた。俺はその直立不動の高官たちの内の一人の前で立ち止まる。

皆仮面を被(かぶ)っているものの、その形や文様は異なっており個人の判別はできた。ゆえに俺は見ただけでもそいつの名が分かる。

「アイスドール、話がある」

本当は誰でも良かった。だがこの女はこれまで特に、俺や《名探偵》とそれなりに深く関わってきた人物だ。だから俺は彼女に尋ねる。

「《未踏の聖域(アナザーエデン)》の使者たちが要求している世界の秘密とはなんだ？」

仮面の女は無言で立ち尽くす。会場中の視線は俺たちに注がれているものの、敵であるガスマスクたちは邪魔をする素振りを見せなかった。ならばそれで十分だ。

「このままあんたらがしらを切り通そうとすれば、ここにいる誰かが人質として殺される。むしろ直接の関係者であるあんたら高官がその生け贄になる可能性も高い。答えを知ってるのなら、早く言ってくれ」

俺が努めて冷静にそう呼びかけると、しばらくの沈黙の後に彼女はこう口にした。

『その問いに対する回答権を、アイスドールは保持しておりません』

まるで今起きている事実は他人事であるかのように、仮面の女は機械的に言い放った。

「答える権利がないというだけで、答えを知らないわけではないのか？」

『その問いに対する回答権を、アイスドールは保持しておりません』

「……これまでも数々の《世界の危機》で人が死んだ。《未踏の聖域》の侵略をこのまま許せば、終わったはずの災厄がまた始まるぞ？」

無論、《未踏の聖域》の要求をすべて呑めというつもりはない。ただ、今《連邦政府》が取っている方針は――無策の停滞。その先にあるのは未曽有の危機だけだ。そしてこの世界はもう、その地獄の入り口に片足を突っ込んでいた。

『その災厄を防ぐのが《調律者》の使命なのではありませんか？』

初めてアイスドールが定型文以外の言葉を喋った。

「……ああ、そうだな」

アイスドールらに命じられるまでもなく、《調律者》の使命は自由意志――人を助けたいという己の意思から来るものだった。だからこそ、俺のよく知る《名探偵》が命を懸けて生きる一瞬一瞬の姿はかけがえなく美しいものだった。それに間違いはない。

「でも、玉座でふんぞり返っているだけのあんたらが言っていい言葉じゃない」

世界に危機が生じる度に《調律者》を招集し、その危機が去るか《調律者》の命が尽き果てるまで戦わせる。そうやって英雄たちの命を一時の平和のために食い潰す、それが《連邦政府》のやり方だった。

自分たちは安全圏の玉座に座り、《調律者》だけが血を流す。そうして身を粉にして戦い散った正義の盾は、名を残すこともなく消えていく。

「覚えているか？　あいつらの背中を」

アイスドールは答えない。

「お前はあの日、どこにいた？　名探偵が命を差し出してまで使命を果たした日。魔法少女が二度と歩けなくなることを受け入れた日。——なあ、どこだ？　吸血鬼があの最期を迎えた時、お前はそれをどこから見ていた？」

その問いに、仮面の高官が答えないことなど分かっていた。

だからこれは誰に聞いてもらうためでもない。誰の心にも留まらずともいい。ただ、俺はその理不尽を、声にして絞り出した。

『その問いに対する回答権を、アイスドールは保持しておりません』

今さら怒りも湧かなかった。そうだ。そんな感情ならとうの昔に置いてきた。

だから俺が今から言うのは、これからの未来の話だ。

「アイスドール、いや、《連邦政府》。いつまでもあんたらのやり方が通用すると思うな。そのうち誰もお前たちの味方をしなくなる。事実、俺はそういう存在をすでに知っている」

たとえば元《発明家》は、元《革命家》は、元《名優（ヒーロー）》は、すでにお前たち《連邦政府》を見限ろうとしている。その叛逆（はんぎゃく）のうねりはすでに始まっている。——それに。

「俺や探偵は、あんたら《連邦政府》の根幹を担っている《ミゾエフ連邦》にまつわる真実も知っている。それをばらまけば、いつだって世界はひっくり返るぞ」

そう、以前俺たちが突き止めたあの真実だって十分、世界の秘密とやらに匹敵するだろう。今や俺たちと《連邦政府》のパワーバランスは、決して一方的じゃない。いつだって銃口は互いの方を向いている。

「回答権を有していないなんて悠長なことを言っていられなくなる日は必ず来る。じきにあんたらは自らその仮面を取って口を開くぞ。世界を救ってくれと、探偵たちに懇願するために」

そこまで言ってなお、アイスドールが仮面を取ることはなかった。

だったらせめて今だけは、あんたらのその姿勢を尊重してやろう。

俺は腕時計を確認する。タイムリミットだった。

「物言わぬ人形のまま消えてくれ」

次の瞬間、俺の目の前でアイスドールの頭が吹き飛んだ。

それを引き起こしたのは一人のガスマスク。あれから十分。アイスドールは最初の人質として殺害された。

「……人形？」

しかし、誰かがそう呟いた。

そして、遅れてぱたりと倒れ込むアイスドールの胴体。

近くには取れた首が転がっている。だが血は流れていない。そこにあったのは、途中から俺も予想していた通り、ただの朽ちた人形だった。

「他の高官も全員そうか」

最初から、この式典が始まる前から。こいつらの中身は人形と入れ替わっていた。

仮面の下の本物は今もどこかでこの光景を見物しているのだろう。自分たちだけ安全な場所に避難して、《調律者》に後始末は任せようと。

「——とんだ茶番だ」

だが俺は肝心の答えを聞き出すことはできなかった。

全身の力が抜け、ふらふらと近くの席へ座る。

「君彦様……」

近くに寄ったノエルが心配そうに俺に手を伸ばす。

だが背中をさする前に、なにかを察したようにその手を引っ込めた。

『次ノ　フェイズニ　移ロウ』

どこからともなく、カラスマスクの声が聞こえる。舞台上のスクリーンに再び映像が映し出される。そこにいたのは、ドレスや燕尾服を着た数百人の男女。場所は、先ほど舞踏会が行われていたあの会場だ。

そしてその誰もが皆、不安げな表情を浮かべている。……当然だ、彼らもまた俺たちと同じくガスマスクの制圧下にあるのだから。

「……！　おじい様……！」

ノエルがその映像の中にブルーノを見つける。またその傍らには渚もいる。ここを脱出した後で捕まったのだろう。であれば、宮殿に配置されていたという《黒服》も、あのカラスマスクらにやられたのか。

「シエスタ様まで……」

スクリーンを眺めるノエルが、もう一人の探偵の姿を見つけて呆然と呟く。

しかも映像で見る限り、彼女はマスケット銃を持っていない。あれだけ武器を持った敵がいる中で、生身での抵抗は難しいだろう。さらに人質が多いことも状況の悪さに拍車をかけている。

『次ハ　コノホールヲ　爆破スル』

そうして敵はまた十分後だと告げて映像を切った。

今度は高官一人だけでは済まない。《連邦政府》が隠しているという世界の秘密とやらが暴かれなければ、あの会場にいる全員が死ぬ。《名探偵》も《巫女》も《魔法少女》も《情報屋》も、皆——

「もう、猶予はないな」

恐らく残っていたカードを切るタイミングはここしかない。

俺は隣で俯く少女に、前を向いたままそっとこう話しかけた。

「やっぱり、爆弾を積んだ列車から見える景色は綺麗じゃないよな。ノエル」

◇パンドラの箱と世界の禁忌

『次ハ　コノホールヲ　爆破スル』

舞踏会の会場となったホールに、敵の不気味な声が反響する。

その声明に会場は一気にざわめくものの、あたしたちを取り囲むガスマスクの集団がマシンガンを構えてそれを静める。

数十分前、《聖還の儀》で発生した巫女を狙った銃撃。あたしたち式典の参加者の多くはそこから逃げ出したものの、その後、宮殿中に配備されていたガスマスクの男たちに捕まりこのホールへと集められた。そして今もその場で動かないようにとの指示を受けたあたしたちは、完全にテロリストの人質だった。

あたしの近くにはミアもリルも、シエスタもいない。君彦も、今はまだあの式典のホールに残ったままのはず。であれば、あたしは今この場所で自分の果たすべき役割を果たさないといけない。――だから。

「あなたが近くにいてくれて良かった、ブルーノさん」

あたしはガスマスクたちに聞こえない程度の声で、すぐ隣にいた老紳士に話しかけた。

「いや、心強いのはこちらの方だ。《名探偵》のお嬢さん」

ブルーノさんは白い髭の下で、ニッと微笑んでみせる。

そのすべてを包み込むような鷹揚さは、あたしの心を少しだけ落ち着かせた。

「すまなかった」

優しい声でブルーノさんがそう口にした。

「何者かにこの身を狙われている可能性があると分かっていながら、私は使命感から式典を辞退することができなかった。さらに《未知の危機》に対して、なんら対抗策を生むこともできずにこうして敵の手に落ちた」

情けなく思う、とブルーノさんは謝罪する。

「謝らないでください。それを言うなら、あたしやシエスタも《名探偵》としてこの危機を事前に止められなかった。責任は全員にあります」

そう、だからきっとこれは、誰が悪いという話ではない。

全員が正しくあろうとして、今もそのためにもがいている。これはそういう話だ。

だからあたしは、あたしの正しさのためにブルーノさんにこう訊(き)いた。

「それで、ブルーノさん。《未踏の聖域(アナザーエデン)》について、あるいは《連邦政府》が隠している秘密について、本当はどれぐらいのことを知っていますか？」

息を呑(の)む、一秒より短い沈黙があった。

ブルーノさんがなにもできずに敵に敗北した？　この世界の知そのものである彼が、敵の正体やこの世界が抱えるという秘密に一切心当たりがない？　——あり得ない。

にもかかわらず、彼が今ここで大人しくしている理由があるとすれば。

「やっぱり答えられませんか？　世界のバランスを崩しかねない情報は」

昔から《情報屋》ブルーノ・ベルモンドは、時にどんな兵器よりも脅威となり得る自らの知識を、決して他に分け与えることはしなかった。

今はもう《調律者》でなくなった彼は、それでもその哲学と生き方を守り続けている——こんな状況でも、いや、こんな状況だからこそ。《情報屋》は常に、秤(はかり)のバランスを取り続けるのだ。

「ブルーノさん、お願いします。今あなたの知識で救われる命があるかもしれません」

ブルーノ・ベルモンドがいまだ《調律者》としての生き方に囚われているのだとすれば、あたしも……。もう一度あたしも《名探偵》として《情報屋》を説得する。それに。

「あたしたちに、それを聞き出す役目を期待してくれていたんじゃないですか？」

元はと言えばあたしを《名探偵》に戻そうとしたのは、他ならぬブルーノさん自身なのだ。二週間前に彼が探偵事務所に訪れて、そこであたしたちに《名探偵》に戻ってほしいと頼んだ時、彼は言っていた――自分にできることは限られていると。だから同志を増やしているのだと。

「いつだったか、私に頼み事をしてきた探偵の少女がいた」

ブルーノさんが、どこか懐かしむように口を開いた。

「世界には絶対的なタブーというものが存在する。それは決して開けてはならないパンドラの箱。世界に災厄をもたらす封印の柩。しかし、かつて私はそれをどうしても知りたくなった。いや、知らねばならないと思った」

世界の知を体現する《情報屋》として、とブルーノさんは続ける。

「そんなある日、私と同じ志を持つ者が現れた。《情報屋》である私はあくまでもデータベースでしかないが、彼はまさしくそれを元に実行する者――」

「――《名探偵》？」

あたしが訊(き)くと、ブルーノさんは無言で肯定する。

それが《情報屋》と《名探偵》の役割であり相互作用。

古来より彼らはそうやって共に使命に当たってきた。


「だがパンドラの箱を無理矢理(むりやり)開けた彼は世界の禁忌に触れ、そして死んだ」


ブルーノさんの言う彼とはつまりかつての《名探偵》のこと。

あたしやシエスタにとっての先代だ。

「ブルーノさんはその禁忌を……答えを《名探偵》から聞いたんですか？」

その問いにもブルーノさんは口を割らない。

今度こそは、《情報屋》といえども本当に知らないのだろうか。

「ただ一つ言えるのは、パンドラの箱はまだ世界のどこかに眠っているということだ」

「その箱の中に入っているのが、《未踏の聖域(アナザーエデン)》の使者の言う世界の秘密ということ？　そして《連邦政府》がそれを管理している？」

あたしがそう尋ね、ブルーノさんが口を開こうとした、その時だった。

彼の背中に、ガスマスクが握る銃口が突きつけられた。

「ブルーノさん……！」

驚くあたしをよそに、ブルーノさんは軽く両手を挙げて無抵抗の意思を示す。

そしてまたニッと笑って「私になにか用かな?」とガスマスクに問う。

世界の知は間もなく亡(ほろ)びる。

白銀(しろがね)探偵事務所に届いたあの手紙の文面が頭を過(よ)ぎった。

そしてブルーノさんは銃を突きつけられたまま、ガスマスクにどこかへ連れて行かれる。

「大丈夫だ」

ブルーノさんは去り際にあたしに微笑(ほほえ)みこう言った。

「私はいつの時代も《名探偵》を信じている」

◆わたしの知りたかった、たった一つのこと

——やっぱり、爆弾を積んだ列車から見える景色は綺麗(きれい)じゃないよな。

そう話しかけた俺に対してノエルは「なんのことでしょう」とは惚(とぼ)けない。

ただ来たるべき話題が来たと、そう噛(か)み締(し)めるようにきゅっと口を噤(つぐ)む。

「ノエルも分かってたんだよな。こういう事態が起きることは」

「ええ、《未踏の聖域》の使者による襲来は、事前に彼らによって予告されていたものでもありましたから。……そして、おじい様がそれに巻き込まれる可能性も」

ああ、そうだな。約二週間前、ノエルはブルーノと共にこの《聖還の儀》で起こり得る危機を俺たちに知らせた。──しかし。

「けどその後、『世界の知は間もなく亡びる』という手紙をうちの事務所に送ったのはノエル、お前だろ？」

俺たち二人の間に沈黙が流れる。

ホール内は相変わらずざわめきが続き、ここにはいない《連邦政府》高官に対する糾弾の声も多い。逆に言えば俺たちの会話に耳を傾ける者もいなかった。

「なぜ君彦様は、わたしがそんなまるで犯人かのような手紙を白銀探偵事務所に送ったとお考えなのでしょう？」

「ずっと俺たちのことを監視していたような人間を多少疑うのは当然だろ？」

「………………」

俺のストレートな切り返しに、ノエルは顔色一つ変える素振りを見せない。だがそれは当然、俺の今の発言を認めたわけではないだろう。

「ノエル、お前は昨日から俺たちのことをずっと監視していたはずだ。空港で俺を出迎え、クルーズ船に招待し、その後も俺たちの動向を探っていた」

「《連邦政府》の人間として、式典の参加者である探偵様やその助手様をアテンドするのは当然の仕事です」

「リルやミアは、政府の使者の接待なんて受けていないと言っていたぞ？　ノエルは確実になにか意図を持って、俺たちに接触していたはずだ」

「……それは、ですから、おじい様に迫っている危険についてもご相談したかったからで」

「ああ、そのブルーノについてだが。昨日の夜、俺はブルーノと二人で会っていたが、ノエルはそのことを誰に訊いたんだ？」

今日この会場に車で向かう際、ノエルは俺に「昨日はよく眠れたか」という旨の質問をし、その会話の流れでこう言っていた。

『確かおじい様ともお会いになられていたのですよね？』

だが俺はその会談のことをノエルには話していない。それは本来、彼女が知り得ない情報のはずだった。たとえば俺を監視、あるいは盗聴でもしていない限り。

「昨晩、おじい様に聞きました。君彦様と会って話をしてきたと」

「あり得ない。あの《情報屋》がそんな容易に、約束を破って情報を漏らすはずがない」

たとえそれが身内の孫娘であろうとも、ブルーノはそのようなミスは犯さない。昨晩のあれは内密にコンタクトを取った会談。ノエルがいては話しづらいこともあるだろうと言って、わざわざブルーノに釘（くぎ）も刺した。その意味が分からない彼ではない。

「ノエル。これを見てくれ」

タイミングを見計らったように、とあるメールを受信した俺のスマートフォン。その添付ファイルには画像が貼り付けられていた。

「盗聴器の写真だ。俺とシエスタと渚が泊まっていたホテルの部屋で見つかった」

無論それはノエルが手配した部屋だ。そこにこんなものが仕掛けられている意味は、一つしか考えられない。

「……どうして、このタイミングで？」

「本当は自分たちで探したかったんだが、部屋に監視カメラがついている可能性もあったからな。室内で盗聴器を探すような不審な行動は取れなかった」

だからこそ今ようやくこの証拠を収めることができた。これを自慢の洞察力で見つけ出してくれた某アイドルの少女には、あとで好きなだけわがままを言わせてやる必要があるだろう。明日に控えているという海外公演の舞台が、ここフランスで本当に良かった。

「あとはこれもだな。俺が昨日の夜、着ていたコートについていた小型の盗聴器」

斎川から追加で送られて来た画像をノエルに見せる。

「元々はスーツケースに入れてたものなんだけどな。やっぱり空港で細工をされてたか」

やたら俺の荷物だけ到着が遅いと思ったが、あの時すでに罠は張られていたわけだ。

「……それに勘づいた上で、君彦様はそれをお召しになられていたと？」

「あくまでもそういう可能性があると思っただけだ。けど俺は昨日の夜、渚と公園で話している時にブルーノの話をわざとした。それをノエルは盗み聞いてたんだろ？」

俺とシエスタと渚はこのフランスに着いてから……いや、もっと言えばその出発便に搭乗した時点から、常に自分たちが監視や盗聴される可能性を疑っていた。だからノエルとの会話の中にも定期的に罠を張らせてもらっていたし、探偵とのホテルでの作戦会議はスマートフォンをいじるフリをしてメールで会話をした。

「でも、それは論理的におかしいです。仮にわたしが皆様を監視していたとして、そもそもわたしがそういう行為をするかもしれないと、疑うようになったきっかけを君彦様はまだ述べていません」

「俺たちが疑っていたのはなにもお前だけじゃない」

ノエルは息を呑んだように俺の顔を見つめる。

「俺たちは最初から誰のことも信用しちゃいないんだ。軽口を飛ばしながら、笑い合いながら、それでも腹の内では今目の前で起きている事象を常に疑い、精査し、天秤にかけてきた。それが探偵の仕事だ。俺たちのやり方だ」

人を疑うぐらいなら騙された方がマシ——そう考えていた時期もあった。特に渚はそのタイプだっただろう。だが数々の事件と戦いの中で、それだけで人を救うことはできないと俺たちは知った。人を救うのに必要なのは純真ではない。

だから今、俺はこう思う。人を信じるぐらいなら騙した方がマシだ。多くのものを救いたい時、俺たちは探偵でありながら詐欺師にだってなる。

「ノエル、隠していることを正直に言ってくれ」

切るべき手札はこれで切り終えた。俺が……いや、元はシエスタの提案で用意した客観的な証拠はこれだけ。願わくはこれでノエルには折れてほしいが。

「まだです」

ノエルは小さく首を振る。

「わたしが皆様を監視していたことは認めます。しかし、だからと言ってわたしが白銀(しろがね)探偵事務所に犯人まがいの手紙を送ったとは限りません。君彦(きみひこ)様はなぜ、わたしがこの事件に関わっていると断言するのですか?」

……ああ、そうだな。証拠の次は動機だ。だからここからは二人目の探偵の――渚(なぎさ)の力を借りる。言葉の力を持つ彼女であれば、きっとこう説き伏せるだろう。

「悪かったな、お前の依頼を聞いてやれなくて」

ノエルが大きく目を見開く。

「世界の知は間もなく亡(ほろ)びる――こう言えば、名探偵はブルーノを守ろうと行動する。ノエルはそう思ったんだよな?」

つまりあれは犯行予告などではなく、探偵への依頼書。世界の知を敵の手から守ってほしいというノエルの願いだ。

普通にブルーノを守ってほしいと依頼をするよりも、事態がより切迫していることを装った方が効率的に俺たちへ訴えかけることができると、ノエルはそう踏んだのだろう。

「そしてお前はさらに俺たちの裏を読んだ。こうすればきっと探偵は、警護対象であるブルーノ・ベルモンドのことを徹底的に調べ上げるだろうと。そしてそれこそがお前の真の狙いだった」

そう。ノエルは探偵に、ブルーノにまつわるあることを調べさせたかった。それを知りたくてノエルは、白銀探偵事務所にあの手紙を送ったのだ。

「探偵様に頼らずとも知っていますよ、わたしは。おじい様のことならなんでも」

「いや、ノエルでもブルーノに関して知らないことはある」

それはずっとノエルが心の奥底に封印してきたある疑問。

だが彼女は遂(つい)にそのブラックボックスに触れた。

「なぜブルーノ・ベルモンドは自分を養子に取ったのか、そして十年あまりが経(た)った頃にその関係を解消したのか。それをお前は知りたかったんだ」

俯(うつむ)くノエルの横顔は、灰色の長髪に隠される。

ここから先は、俺の主観が入り混じる可能性もある。だが仮説として聞いてほしいと断り、俺は話し始める。

「ノエル。お前は約二週間前、《未踏の聖域(アナザーエデン)》の使者なる者たちが《連邦政府》によって守られている世界の秘密を暴こうとしていることを知った」

だがノエルは恐らく、《連邦政府》がそういう機密情報を管理していること自体については昔から勘づいていた。そういう噂があると彼女自身も昨日、俺に語っていた。

「そこでノエル、お前は思いついたわけだ。この事態を利用して自分も、《連邦政府》が隠している秘密の正体を知ろうと」

「なんのためにですか？　わたしは世襲によりこの仕事を引き受けざるを得ませんでしたが、わたし個人の思いとしてはそのような機密事項に興味はありません」

ああ、それも確かな本音だろう。高官としての務めを果たしていることや、貴族であるループワイズ家に戻ったこと、それらをノエルが誇りに感じているように見えたことは俺にもなかった。

その代わりに彼女には、どうしても抗いがたい他の感情がある。

「だけどノエル。お前はブルーノのことまで、どうでもいいとは言えないはずだ」

俺がそう言うとノエルはキュッと目を瞑った。

「お前はずっと、月に一度ブルーノと行っている食事会について疑問を持っていた。なぜ彼は養子縁組を解消した今でも、自分と会ってくれるのか。そこにはなにか別の目的があるんじゃないか。たとえば——ブルーノは《連邦政府》の管理する世界の秘密を知りたがっており、その探りを自分に入れているのではないか、と」

そしてその世界の秘密こそがベルモンド家とループワイズ家を繋ぐくさびであり、ブルーノが自分を養子に迎えた理由なのかもしれないとノエルは仮説を立てた。つまりブルーノは、いずれ政府高官となる可能性のあった自分を買うことで、世界の秘密に近づこうとしていたのではないかと、そう推測したわけだ。

ノエルは当時、妾の子であったことから一族からは疎まれていた。そのノエルを引き取りたいというブルーノの申し出を、ループワイズ家が断る理由はなかったはずだ。

またブルーノはなんらかの理由で分かっていた——近い将来、ループワイズ家に跡継ぎがいなくなることを。それによってノエルが《連邦政府》高官の座に就き、世界の秘密にも近づくことを。

「……ずっとわたしは、おじい様の愛を疑っていたと？」

そうだ。生まれた頃から愛を知らずに育った少女は、唐突に与えられた愛に理由を求めた。その愛には裏があるのかもしれないと恐れながら生きてきた。だからこそ、今。

「お前は、都合のいい今回の危機を利用した。これに乗じて世界の秘密とやらが暴かれれば、ブルーノの本意も知ることができるかもしれないと考えて」

「……そんな、ことは。少なくともわたしは、今のこの状況を望んでなんかいませんでした。だからこそ、わたしは……！」

ノエルが声を押し殺して、それでも切実な感情を吐露する。

そんな彼女の手を俺はそっと握った。

「ああ、だから俺は今、ノエルに謝りたい。本当はもっと早い解決をお前は望んでいたんだよな。ノエルは俺たちに……探偵に、ずっと依頼をしてくれてたんだから。ブルーノのことを調べ、そして危機から守ってあげてほしいと」

ノエルはぴくりと肩を跳ねさせる。

「悪かったな、力になってやれなくて」

ノエルからしてみれば随分前から種を蒔いておいたのに、俺たちは一向に期待する結果をもたらさず、随分イライラさせられたことだろう。俺たちがフランスに着いてからも監視や盗聴を続けたものの、やはり望んだ情報は手に入らなかった。

そうして当日、ノエルとしては不本意ながら最終手段に出た。つまりは黒幕に委ねたのだ、自分のかねてからの願いを。

「頼むノエル、協力してくれ。お前の望みはこの後、必ず叶える。だから他に知っていることがあれば教えてほしい。お前はこの事件の真相にも、気付いているんじゃないか？」

俺たちはまだ、《連邦政府》が隠しているという世界の秘密がなんなのか、そして《未踏の聖域》の使者たちについて、真実を知ることはできていない。《原典》はその未来までは俺に見せていないのだ。

本当はすべての真相を知るためにこれまでノエルの出方を窺っていたところがあった。だが彼女は、どんなに俺たちが思い通りに動かなくともその情報だけは隠し続けた。そこまでしてノエルが守り続けてきたものは――

「わたしの負けです。すべて、お答えします」

俺の語った仮説を認めたノエルが、涙を滲(にじ)ませた声で言う。

「わたしはこの危機を引き起こしている本当の黒幕に気付いています」

その時、バタンと大きな音がした。

ホール前方の入り口の扉が開き、そこから二人の人物が入ってくる。まず一人は銃器を持ったガスマスク。そしてその銃口を背中に突きつけられている老父が一人。

「……ブルーノ？」

張り詰めた表情の《情報屋》は、ガスマスクと共にゆっくりと壇上に上がる。

そして彼らは祭壇で正面を向く。

「十分な時間は与えたつもりだが、答えを出す者は現れなかったか」

そう声を発したのはガスマスクではなかった。

すでにそいつは銃の構えを解いて、脇に控えている。

「お願いです、君彦(きみひこ)様」

ノエルが震える声で俺に助けを乞う。

「止めてください、おじい様を」

そうして世界の知たる《情報屋》ブルーノ・ベルモンドは、取り出したピストルで近くにいた政府高官の人形を撃ち殺しながらこう言った。

「人類はそろそろ目覚めるべきだとは思わぬか、この仮初めの平和から」

◆叛逆の調律

祭壇の中心に立ったブルーノ・ベルモンドに対して、この会場にいるガスマスクたちが一斉に頭を下げる。この宮殿の支配者が誰であるかは最早、一目瞭然だった。

「……なんとなく、あんたのような気はしてた」

ノエルが裏の願いとして「世界の知を守ってほしい」と白銀探偵事務所に依頼を出したのだと気付いた時、同時に俺たちはブルーノが黒幕である可能性にもまた考え至っていた。

つまり、被害者となり得るブルーノを守ってほしいのではなく、ブルーノが加害者になる未来を防いでほしいと、そうノエルは言っているのではないかと。ただ、最後までそう信じたくなかっただけで。

一方、予想だにしなかった黒幕の登場に、いまだざわめきが止まないホール。そんな中で俺は一人、その場に立ち上がる。

すると近くにいたガスマスクが俺に銃口を向けようとするが、ブルーノは合図を出して武器を一旦下ろさせた。どうやら俺との対話の意思はあるらしい。

「ブルーノ・ベルモンド。あんたは何者だ？」

今この場に探偵はいない。これを訊くのは俺の役目だった。

「あんたは《未踏の聖域》と一体どういう関係がある？　なにが目的でこんなテロを起こしている？」

俺に何度も接触してきたカラスマスクや、ここにいるガスマスクの集団は《未踏の聖域》の住人のはず。であれば、彼らの上に立っているブルーノ・ベルモンドという男は一体どういう存在なのか。

「我々は聖域の人間ではない」

しかし、ブルーノの口から発せられた言葉は予想外のものだった。ブルーノだけでなく、ここにいる誰もが《未踏の聖域》とは無関係の人間だと。

「どういうことだ？　まさか《未踏の聖域》という存在自体、あんたの捏造だと？」

いや、それはない。《連邦政府》は古来より《未踏の聖域》からコンタクトを受けてきたという。シエスタもその話を聞いたことがあると言っていたはずだ。

「《未踏の聖域》は確かにこの世界、あるいは宇宙のどこかに存在する。我々は今回それを模倣したに過ぎない」

「あんたらは《未踏の聖域》を騙っていただけということか？　なぜそんなことを？」

「我々の目的ならば、君たちにも何度も説明してきたと思うが」

……ああ、そうだな。《連邦政府》が秘密裏に管理しているという「あるもの」の正体を明かし、それを奪うこと。それが奴らの……ブルーノの犯行動機。

「だから十年前、あんたは《連邦政府》と強い結びつきのあったループワイズ家に近づいたのか?」

　そして当時まだ五歳だったノエルを自分の養子として迎え入れた。いずれ彼女が《連邦政府》高官となり、世界の秘密に近づくことを見越して。

「いい推理だ」

　壇上のブルーノは顎髭を撫でながら俺を見下ろす。

　次いで、俺の隣で座ったままのノエルを見た。

「その子が世界の中枢に近づく日を私は長らく待った。そうして三年前にループワイズ家当主が急逝し、また次期当主候補だった嫡男も行方不明となったことで、遂にその機会が訪れた。私の見込み通り、その子は《連邦政府》高官の座を継いだ」

　だが、とブルーノの瞳が失望の色に染まる。

「その後、私の目論見は外れた。世襲による間に合わせで高官となった彼女は、一向に世界の中枢に近づく気配がなかった。私はそれでも二年待ったが、やはり徒労に終わった」

　ブルーノのその言葉にノエルは俯く。彼女の肩は震えているように見えた。

「だからおじい様は一年前、わたしに見切りを付けて……」

それに続く言葉は嫌でも分かってしまった。期待が外れたブルーノは、ノエルとの養子縁組を解消した。ノエルが世界の秘密を知る立場になれないのなら用はない、と。

「ゆえにそれから一年後、私はこの計画を実行することにした。なるべく世界の中枢に近い者たちの集まるこの《聖還の儀》で、世界の秘密の正体と在処（ありか）を問う。——だがここにも、答えを知る者はいなかったようだ」

ブルーノは再び失意の視線でホールをぐるりと見渡す。《連邦政府》関係者や元《調律者》、各国の要人をいくら集めて脅したところで、ブルーノの目的を叶（かな）えられる人物は結局現れなかった。

「しかし、完全に無駄というわけでもなかった。仮面の高官たちは人形を囮（おとり）に逃げ出していた。やはり間違いなく奴らは答えを知っている」

ゆえに我々は進軍する、と。ブルーノはこの世界に宣戦布告するかのように言った。

「どこかに逃げたアイスドールたちを探し出すと？　あんたらの目的が達成されるまでこんなテロを起こし続けると？　——無理だろ。ここまですればもう、《連邦政府》は間違いなくあんたを《世界の敵》と認定する。世界はブルーノ・ベルモンドを逃がさない」

少なくとも、俺のよく知る名探偵はあんたを必ず捕まえる。

ブルーノ・ベルモンドの本懐が果たされることは絶対にない。

「答えに辿（たど）り着（つ）くのは、私でなくともよいのだ」

するとブルーノは、どこか遠くを見つめるように言う。

「誰かがそこに辿り着ければそれでいい。世界がそれを思い出せれば十分だ。たとえ私がここで朽ちても、一度始まった叛逆のうねりは止まらない」

ブルーノが発したその言葉は、まさにさっきまで俺自身も《連邦政府》に訴えていたことだった。安全圏の玉座にいる高官たちへの叛逆の気運はすでに高まっていると。たとえば《発明家》や《革命家》や《名優》はすでに《連邦政府》を見限ろうとしていると。

「……そうか、スティーブンたちも全員あんたの同志か」

やはりもう一つの未来で俺は騙されていたのだ。あのカラスマスクもスティーブンも、そしてブルーノも全員、目的は一つ。《原典》を奪おうとしたことも、《聖還の儀》を襲撃したことも、すべては《連邦政府》という組織と秩序への謀反。……しかし、だとすれば。

「なにがあんたらをそこまで駆り立てる？　なぜあんたはそうまでして《連邦政府》への叛逆を試みる？」

アイスドールたち政府の人間に恨みがあるのは俺も同じだ。《連邦政府》への耐えがたい怒りも理解できる。だが、ブルーノが今この壇上で訴える主張には、俺とはまた別種の熱が籠もっていた。

「《連邦政府》が管理する世界の秘密とやらを知りたいからか？　元《情報屋》としての知識欲というわけでもないだろう。その秘密を知って一体なんになる？」

すでに引退した《情報屋》の彼が、こうして多くの人を危険に巻き込んでまで知りたかった世界の秘密とは一体なんなのか。たとえ自分が《世界の敵》になったとしても、すべてを犠牲にしてでも叶(かな)えたかったブルーノ・ベルモンドの本懐とは一体――

「君はこの期に及んで、まだしらを切るつもりか？」

ブルーノの反応は思いがけないものだった。

不審というよりは、どこか怒っているようにさえ見える。まるで俺がなにかを誤魔化(ごまか)しているのではないかと、わざと回答をずらしているのではないかと、そう言わんばかりで。

「なぜ誰も知らない。なぜ誰も覚えていない。なぜ世界はこの言葉を忘れている。世界の秘密、そんなのはこれしかあるまい」

目を見開いたブルーノ・ベルモンドは再び銃を握りしめ、忿怒(ふんど)するように叫ぶ。

『《連邦政府》が隠し続け、《情報屋》たる私でさえこれまで辿(たど)り着(つ)けなかった世界の禁忌――《虚空暦録(アカシックレコード)》だ！』

会場に完全な沈黙が降りる。

誰もがブルーノの発言を聞き届け、その言葉の意味を咀嚼(そしゃく)する。

そうして次に俺が言葉を発するまでに掛かった時間は、我ながら永遠のように長く、長く感じられた。だがそれも仕方ないだろう。

「アカシックレコードって、一体なんなんだ？」

やはりそれは聞き馴染みのない単語だった。ノエルも困惑したように首を振る。

一応、その概念はなんとなく知っている。

確か……地球、もしくは宇宙の元始から記録されているという世界そのものの記憶のこと。とは言え、意味のあるものとして具体的なイメージは頭に浮かんでこない。

「あんたはその、アカシックレコードとやらの正体を知るために、今回の事件を起こしたと？」

俺は今一つ理解できないままそう問い返し、ブルーノの顔を見た。

呆れるでもない、驚きでもない。ブルーノは絶望していた。

「君に重ねて訊く」

それでもブルーノは、目を見開いたまま問いを重ねる。

「世界を救う盾たる《調律者》は、全部で何人いる？」

「十一人、だろ？」

「では《特異点》という言葉に聞き覚えはあるか？」

「……？　数学かなにかの専門用語だったか？」

「そうか、もう十分だ」

その時、銃を下ろしたブルーノはすでに俺の方を見ていなかった。

「――やはり、この世界はもうそこまで」

ではその慧眼（けいがん）は今なにを見据えているのか、急にそれが恐ろしくなった。

「君の言う通り、私は近いうちに罰を受ける。ならばこの場で最後に使命を果たそう」

それから少しの沈黙を挟んだ後、ブルーノは再びこちらに視線を向けた。そして「ゆえにここからは警告だ」と口にした。

次の瞬間、スクリーンに新たに映像が映る。

十六分割された画面。それぞれに映っていたのは、ガスマスク姿の人物に銃や刃物を突きつけられた、世界各国の首脳たちの姿だった。

「この世界は今、平和などではない。危機は去ってなどいない。にもかかわらず、いまだ平和ボケしている全人類へ告ぐ」

ブルーノが語り出す。そうだ、彼はこれを警告だと言っていた。

「私は今、悪としてこの世界を調律する」

◆正義を求めるその意思は

次の瞬間、会場にいた数十人のガスマスクたちもまた一斉に銃器を構え直した。

「……ブルーノ。お前は一体なにを考えてる？」

ブルーノが今回の事件を起こした動機は元々、《連邦政府》が隠しているという世界の秘密を知ることだったはず。

だがその願いが叶わないと見るや、明らかなテロリズムに移行した。世界各国にこれだけのエージェントを手配していたということは、こうなることも予期していた？　いずれにせよ、今のブルーノがやろうとしていることは。

「あんたは本当にこのまま《世界の敵》になるつもりか？」

かねてよりブルーノ・ベルモンドは《調律者》として世界のバランスを取ることを最優先に活動してきた。世界が巨悪の手に堕ちようとした時は、誰よりも正義の味方として世界を守ろうとし続けた。だがブルーノは言った。悪としてこの世界を調律する、と。

「悪は世界の外側から来るとは限らない」

それからブルーノは、自身の左胸をピストルで指し示しながら言う。

「悪はいつもここにある」

いつだったか、昔同じようなことを言っていた人間がいた気がする。

そいつは敵だった。かつて俺は探偵と共に、その男と戦っていた。

——男？　——誰だった、その男は？

「問おう。今、果たして世界は平和か？」

気付けばスクリーンには今、広大な森林が燃えている映像が流れていた。それは映画のワンシーンか、過去に実際に起きた自然災害か。さらに次いで映ったのは、貧困街と呼ばれる場所だった。小さな痩せ細った女の子が、道路にはみ出したゴミの山から食料を探す。

「これらは今、我々の隣人に起きている危機だ」

再び映像が切り替わった。戦車の砲弾の音。紛争地域で兵士たちが命を賭して戦っている。映画ではない。過去の映像でもない。今この世界のどこかで起きている現実だった。

「これらの事態は、我々《調律者》がこれまで対応してきた災厄に比べれば《世界の危機》とまでは呼べぬのかもしれない。だが私は少なくともこれを平和とは言わない。そして今なお燻(くすぶ)るこの火種はいつの日かまた本当の《世界の危機》を生む」

そうだ。本来、災厄に大小なんて指標はない。今もこの世界で災害や紛争は起きている。スティーブンは戦地で傷ついた人々を今なお医師として救っていると言っていた。シャルがこの前語っていたエージェントとしての体験談は、もしかすると過去の話ではなかったのかもしれない。そしてヘルは俺にこう訊(き)いていた——本当にもう、世界には泣いている女の子はいないかと。

だからこそ世界の知たるブルーノ・ベルモンドは警告する。

「仮初めの平和を信仰し、力を放棄した我々は、近いうちに再び来たる本物の災厄に敗北を喫するだろう」

それが、ブルーノが自ら悪に堕ちる理由。

正義の象徴だった己が、世界にとっての巨悪となり均衡を保つ——調律する。

平和という名のぬるま湯に浸りきった人類に、悪を忘れさせないために。

「だからあんたらは、この平和の式典を失敗させようとしたのか」

もしも《聖還の儀》が完遂されれば、災厄と戦うための《調律者》がいなくなってしまう。だからブルーノたちは儀式を襲撃し、《原典》を盗もうとした。つまり《原典》そのものを心から欲していたわけではない。ただ《聖還の儀》を失敗させ、これからも《調律者》に使命を負わせ続けることがなによりの狙いだった。

「その目的のためなら、今ある正義に牙を剥いても構わないと？」

「我々が銃口を向けるのは、我々の理想に反する正義に対してのみだ」

……ああ、結局そこに帰ってくるのか。完全な正義と仮初めの平和。ブルーノは前者を信仰し、俺やミアは後者に縋ろうとした。そしてブルーノはその一点の穢れもない正義を世界に実現させるために、自らは悪として俺たちの前に立ち塞がる。

「特別な力を持つ者はその力を世界のために使うべきだ。それは権利ではない、義務だ」

「《調律者》たちはその使命を死ぬまで一生果たし続けろということか？」

「ああ、その点だけはこれまでの《連邦政府》の考え方と一致する」

そうしてブルーノはこの正義の壇上で、世界中の同志を駆り立てる。

「立ち上がれ、同志よ。剣を取れ、銃を構えよ。悪を倒せ、私を亡ぼせ。その命尽き果てるまで、永遠に正義を全うしてみせよ」

——なにも間違っていない。

ブルーノは、《調律者》としてなにも間違っていない。心からそう思う。

それは今の彼の語りによって得心がいったからというわけではない。俺は昔からその考え方を知っていた。正義としての哲学を身近な人物に教え込まれていた。

そうだ、彼女も。シエスタも同じだった。

ブルーノと同じ正義の盾の一人だった彼女は、俺と出会った時から口にしていた。自分には人助けのDNAが染みついているのだと。そしてシエスタはそれを指して名探偵体質だと呼んでいた。きっとそれは正しい。この世界の守護者たる《調律者》として、正しい在り方なのだろう。

——それでも。

「どうして世界が平和になるために、正義の犠牲が必要なんだ」

なぜシエスタだけが。夏凪渚だけが。正義を貫こうとした者だけがバッドエンドを迎えなければならない？　だから俺はあの日やり直した。《聖典》の決めた未来を覆そうとした。《名探偵》の正義を否定してでも、異なる結末を求めた。

今だってそうだ。《原典》でもなんでもいい、探偵たちを救える方法があるのなら何度だってやり直そう。多くを望むわけではない。ただ彼女たちが平和に紅茶を飲み、林檎のパイを食べられる日常さえあればそれでいい。

「ブルーノ。メサイアコンプレックスで世界を救った気になることこそ、正義の放棄に他ならないと思わないか？」

誰か一人の英雄的犠牲によって成立する平和が尊ばれるのは、絵本の中だけで十分だ。

「ならばこのまま仮初めの世界に浸り続けるか」

それもいいだろう、とブルーノは呟く。瞳の色はやはり失望に染まっていた。

「その偽物の正義で、悪を止められるのならば」

ブルーノはそう言って握っていたピストルを手放した。代わりに懐から取り出したのは——赤いスイッチ。それがなにを意味するのか、その場にいる誰もが瞬間的に理解した。

「おじい様！　やめてください！」

ノエルは痛切な表情でそれを止めようとする。

スクリーンに映るのは舞踏会のホール。そこには数百人の人質が残っている。ブルーノはそこに仕掛けた爆弾を起爆しようとしていた。

「耐え難き現実に目を瞑った者に、幸福な夢を見る資格はない」

瞠目したブルーノが檄を飛ばし、指先がスイッチに伸びる。

「ああ、あんたの言う通りだ。俺は間違えていた」

俺がそう言うとブルーノは一度動きを止めた。

そう、俺は自分の誤りに気付いている。俺は自分本位にシエスタと渚を《調律者》から卒業させようとした。その結果があの一度目の未来だ。彼女たちの助手でしかない俺には本来、そんな権利はなかったのに。

「難しいな。間違えないことは」

自嘲をするような場でもない。ただ、事実として噛み締める。間違えないことは、時に正しい行いをすることよりも難しい。だけど、それはきっと俺だけではない。

ミアも、ノエルも、あるいはブルーノも、誰もが秘密を抱え、なにかを選択してこの式典に臨んだ。そしてその誰もが正しく、誰もが間違えていた。

ただそれでも一つ、たった一つ確かなことがある。

今の俺にも唯一信じられるものがある。

俺はそれを、ブルーノの出した問いの答えとしてこう述べた。

「俺もあんたも間違えたのだとしたら、一緒に正してもらおう。探偵に」

昨日の夜、世界の知もそれを望んでいたはずだから。

「ブルーノさん。それでも私はあなたの正義が完全に誤りだったとは思わない」

その声は俺たちの上から降ってくる。見上げると、星空。いつの間にかホールの屋根は開いている。今までどこに隠れていたのか、声の主——白髪の名探偵は俺の前に背を向けて降り立つ。

「なぜ君が今そこにいる……？」

一方ブルーノは、まるで夢を見ているかのように呆然と呟く。

驚くのも、あるいは油断をしていたのも当然か。なぜなら今、舞踏会のホールを映しているスクリーンにもまた、白髪の名探偵の姿が映っているのだから。

「気付かなかったか。舞踏会が終わってから《聖還の儀》が始まるまでの間に、同じ顔をした探偵とメイドが入れ替わっていたことに」

そしてメイドがこの会場を脱出した後も、本物はこのホールの状況をずっと密かに窺っていた。万全の準備を整え、すべてを終わらせるために。

「ノーチェス。お前が置いていってくれたもの、借りるぞ」

シエスタが駆け出すのを見て、俺は座席下に隠された、白髪のメイドの置き土産を手に取る。そして。

「シエスタ！　受け取れ！」

渾身の力でそのマスケット銃を、走るシエスタに投げ渡した。

「これで良かったんだ」

嘘だ、少しだけ迷った。

でもシエスタ、お前にはやっぱりその銃が似合う。

幸福な夢を振り払い、平穏な日常を捨て去って、一瞬一瞬を風のように生きる探偵は、誰より尊く、儚く、そして——美しい。だから。

「シエスタ、お前は《名探偵》に戻るべきだ」

俺が投げた銃を受け取ったシエスタがそれを正面に構える。

「助手、最高の仕事だよ」

俺は未来の選択を、今ようやく終えられた気がした。

「————ッ」

ブルーノの顔がわずかに歪む。

シエスタの撃った銃弾が、ブルーノの握るスイッチを弾き飛ばしていた。

「……そうか、名探偵。私と死のワルツでも踊ってくれるか」

するとブルーノは直後、壇上に飛び乗ったシエスタに向かって右手を差し出した。

「ブルーノさん？」

シエスタはその微笑みの意図を測りかねるように顔を顰め、そして気付いた。

「スイッチを押させないで！」

振り返ったシエスタは焦ったように言う。

会場に埋められた爆弾ならば、すでに今シエスタが――

――そうか、違う。ブルーノの体内に埋められた爆弾カプセルだ。

昔シエスタに聞いたことがある。《情報屋》は万が一、敵対組織の手で拷問などに遭ったとしても、自分が握る情報を漏らしてしまわぬよう、体内に埋めた爆弾のスイッチを他者に握らせているのだと。そして、そのスイッチを握っている存在とは。

「……っ、そうか！　ここにいるガスマスクたちは全員元《黒服》か！」

ブルーノと同じかつての《調律者》たちのその一部。いまだ《情報屋》の理念に従い続ける同志だ。

やがて会場中にいるガスマスクたちがみな懐から赤いスイッチを取り出した。ブルーノの命の期限を握っているのは一人ではない。彼らは全員で一つの組織――黒服。どんな手を使っても、同時に彼ら全員の手から起爆スイッチを奪うことはできない。

ブルーノ・ベルモンドは今、最後に悪として散ろうとしていた。

「シエスタ、逃げろ！」

だから俺にできるのはせめて、その場にいる彼女を逃がそうとすることだけだった。

――しかし。

「なぜだ。なぜ、そうなる」

困惑に声を震わせたのは、ブルーノ・ベルモンドだった。

それもそのはずだ。会場にいたガスマスクたち、すなわち《黒服》はみなすでにスイッチを握ったその手を下ろしていた。

「──そっか。あなたをこんな形で死なせる命令を、彼らは聞かないんだよ」

そしてシエスタもまた銃を下げながらブルーノにそう告げた。

「あり得ない」

ブルーノはもう動揺はしていない。

それでも今起きている現実を、首を振って否定する。

「己の使命よりも感情を優先させることなど。よりによって《黒服》たる矜持(きょうじ)を持つ彼らが……」

「そんなに不思議なことではないよ」

シエスタのその言葉にブルーノが顔を上げる。

「だって、そうでしょ？ 《調律者(わたしたち)》は人間なんだから」

その時、俺たちの背後でバタンと大きな音が鳴った。

それは入り口の扉が空いた音で、次いで増援の機動隊が入ってくる。その様子を見て、会場にいた参加者たちは我先にと扉へ走って行く。それを止める者はもういなかった。

「ああ、そうか。あの子が唆していたか」

ブルーノが事の真相に気付いて目を細める。

「唆すっていう言い方は少し気に入らないけど」

するとこの事態を収めたもう一人の立役者――夏凪渚がこちらに向かって歩いてくる。

「でも、単純な話だよ。みんな、あなたを悪のまま死なせたくなかっただけ」

渚はこちらに近づきながら、耳につけていたインカムを外す。

あれを使って《黒服》たちに語り続けていたのか。誰よりも長く《調律者》として世界を救ってきた英雄を、このまま悪として死なせてもいいのか、と。

「二週間前、《名探偵》のマスケット銃を《黒服》から受け取った時、その一人からあたしは依頼を受けていた。《情報屋》を守ってほしいってね」

そう、渚はすでに《黒服》の一部と協定を結んでいた。それは俺も昨日、ホテルで作戦会議をする中でこっそり彼女にメールで伝えられたことだ。

だが二週間前、渚も《黒服》からすべての真実を伝えられていたわけではなかったという。すなわち、ブルーノがすべての事件の黒幕だとは知らされていなかった。《黒服》が言ったのはただ《情報屋》を守ってほしいということ、そしてその補佐をするということだけ。《黒服》もギリギリのところで、正義のバランスを取ろうとしていた。

渚は今日、この式典の中で《黒服》の意図を正確に読み取り、ブルーノを救う行動に出ていたのだ。

「おじい様は悪人にはなれません」

そしてもう一人、渚の激情を信じる者がここにいた。その少女は他の誰よりも彼の隣を歩み続けた者だ。ブルーノは色を失いかけていた瞳を、祭壇の下の彼女に向ける。

「悪の右手は、あんなに柔らかくありません。あなたの手は、弱き人を教え導く手です」

ノエルは何度も握ったであろうその手に、自分の手を伸ばす。

記憶の中にある、優しき師の温かい手を思い出しながら。

「あなたの言う通り、確かに悪は誰しもの心にある」

こちらへやって来た渚がノエルの肩をさすりながらブルーノに向けて語る。

「人の心に悪が蔓延る限り戦争は起こる。災厄は生じる。いつかまたこの世界に巨大な危機は必ず訪れる。人が平和に慣れきった頃に、必ず」

それは分かってると言いながら、渚は唇を噛み締める。

「それを理解していながら、なぜだ?」

ブルーノが固く閉ざしていた口を開いた。

「この世界にはもう正義の使者はいない。いつか取り返しのつかない災厄に見舞われた時、世界を救う者はいないのだ。だから、私は——」

すると渚はそんなブルーノの言葉に首を横に振りながら壇上に登る。

「たとえ《調律者》としての肩書きがなくなっても、正義を求めるあたしたちの意思は、決して死なない」

そしてそう口にした渚にそっと寄り添うようにシエスタが並び立つ。

「大丈夫、探偵はここに二人いる。地球二つ分だって救ってみせるよ」

それを聞いたブルーノ・ベルモンドの頬に皺が刻まれる。

「Corretto」

そう言い残して英雄は、事切れたようにその場で倒れた。

◆なにも知らない私と君へ

それから数時間後。

夜も更けた頃、俺はブルーノ・ベルモンドから呼び出しを受けた。

舞踏会や式典も行われた宮殿の一室。寝室と思しき部屋のベッドに、老いた英雄はやつれた相貌で横になっていた。

「悪いね。疲れているところ」

ブルーノは俺に気付くと、労いの言葉を掛けてくる。まるでさっきまでの敵対が嘘だったようだ。俺は「どうせ寝られなかった」と言ってベッドの近くの椅子に腰掛ける。

ブルーノの右腕には点滴の針が刺さっていた。

数時間前、渚が機動隊と共に呼んでいた救急班によって、倒れたブルーノはその場で治療を受けた。そしてその後逃亡の恐れはなしと見なされ、今はこの部屋で安静を保っている。とは言え今後、元《調律者》たるブルーノ・ベルモンドをまともに取り調べられる公的機関が存在するのかどうかは甚だ疑問だが。

「隠してはいたが、実は二年ほど前からあまり体調が良くなくてね。薬で誤魔化してはいたが限界だったようだ」

するとブルーノはベッドに寝たまま自身の体調を語る。二週間前、ノエルと日本に来ていた時から無理をしていたのだろうか。

「なんとなく、あんたは不死身なような気がしてたんだけどな」

すでに人の寿命の倍近くを生きているというブルーノならば。

「はは、人は必ず死ぬさ」

ブルーノは言葉に反して愉快そうに笑う。

「寿命だけは、どんな名医にも発明家にも治せない。去年の夏、スティーブンに余命宣告を受けたよ。あと半年程度だろうと」

去年の夏から数えて半年、つまりはもう――

「もしかして、だからノエルと養子縁組の解消を？」

もう自分が長くないことを分かっていたから。だからブルーノは未来を見据えて、ノエルに独り立ちをさせようとしていた。

「ブルーノ。そもそも、どうしてあんたは十年前にノエルを養子にしようと思った？」

ブルーノが本気でノエルを、目的を叶えるためだけの駒のように見なしていたはずがない。そう思って俺は改めて尋ねた。

「昔からループワイズ家とは個人的にビジネスの付き合いがあってね。その談合でループワイズの邸宅を訪れた時に、偶然あの子を見た」

同じ目をしていた、とブルーノは言った。

「私と同じ、際限のない外の世界を知りたいという目。どこか他人事には思えなかった」

当時、妾の子として家族に疎まれていたノエルは、家から出ることも滅多に許されていなかったという。そんなノエルに外の世界を見せてやりたいと、そう思ったのだろうか。

世界を百年旅したというブルーノだったからこそ。

「それに、あの一族が間もなく崩壊に向かっていくであろうことは、間近で見て分かっていた。そのような環境にあの子を置いたままにしておくことは私にはできなかった」

「三年前、当主の座に就くはずだったノエルの兄が行方を晦ませることも、分かっていたんだよな？」

「ああ、一族を背負う重みに耐えかね、自由を求めて放浪の旅へ出たと聞く。表向きには事故によって急逝したと言っていたらしいが」

……なるほど、一族の跡継ぎが失踪したとあっては世間体が悪い。死去したということにして、妹のノエルを急遽当主に据えようとしたのか。

「だが結局、私はまたあの子を一人にしてしまう」

ブルーノが細めた目で天井を見つめる。

「ノエルを頼む」

それからブルーノは絞り出すような声でそう言った。

今になって考えると、もしかしたらこれもブルーノの計算のうちだったのだろうか。

元々ノエルを日本で俺や探偵に引き合わせた張本人はブルーノだった。すでに死期を悟っていたブルーノは、このまま一人になるノエルに淋しい思いをさせないために、俺たちと出会わせたのかもしれない。

「それで、ブルーノ。なぜ俺をここに呼んだ?」

俺はそう本題を訊きながらも、ある回答を期待する。

それはすなわち、ブルーノ・ベルモンドの真の犯行動機。

当初、ブルーノの目的はあくまでも《連邦政府》が管理しているという世界の秘密を聞き出すことだった。しかしその秘密を今知ることが叶わないと見るや、自身を悪として世界に知らしめることで危機感を促すことこそが目的であったと言い張った。

なぜシエスタや渚ではなく俺一人だけをここに呼んだのかは分からないが、俺はブルーノの本当の動機を知る必要があった。

「《情報屋》が平和な死を遂げられるはずがない。過去の英雄たちもそうだったように」

するとブルーノはベッドに寝たまま、ぽつりと語り出す。

「最後にあるのは悲劇だけ。かつて多くの《調律者》は殉死し、また新たな正義の使者が次々に補充される。それこそが英雄たちの歩む歴史。長い間生きてきて私もそう信じてきたし、それで構わないと思っていた」

ブルーノはすぐに俺の問いには答えない。しかしどこかで話が繋がるのだろうと、俺はじっとその語りに耳を傾ける。

「それがどうだ？　私は今、拷問を受けるでもなく天寿を全うして安らかな死を迎えようとしている。──あり得ぬ」

ブルーノは瞠目し、檄を飛ばす。

「世界の知たるこの身に本来、平和な死などあり得ない。にもかかわらずこの老体が安らかな死を迎えるとするならば、それは私が英雄などではなかったという証左に他ならない。……そう、私は少し前から勘づいていた。私は全知などではなかった。すべてを知っている気になっていただけだった。無知の知を自覚していなかったのだ」

血管の浮いたブルーノの喉が大きく動き、痩せた腕がふらりと天井に向かって伸ばされる。

「本当は、私はなにも知らないのではないか。仮初めの平和に魅せられて死んでいったあの国王と同じだったのではないか。そう気付いた時、年甲斐もなく私はたまらなく恐ろしくなった。だからこそ、今回の計画を立てた」

そうしてブルーノは根源的な犯行動機を語る。

なぜ正義の象徴たる世界の知は、悪に堕ちようとしたのかを。

「果たして私は悪として裁かれるだろうか。神という名の正義は私を裁いてはくれまいかと、そう願いながらあの場に立った」

ああ、そうか。ブルーノは最初から自らを悪と見立てていたのか。

ゆえに二週間前、自ら《未踏の聖域》の使者を騙って《連邦政府》に宣戦布告をした。

正義の椅子から堕ちた自分を神は……世界は止められるのか、そういう戦いだ。

「処刑台に立っていた気分だった」

ブルーノはそう言いながら腕をだらりと下ろした。

「しかし私の願いは叶わなかった。非業の死を遂げることはできなかった。私は神ではなく、探偵の少女に救われてしまった」

それは見てきた通りの結末だ。シエスタの理性と渚の激情によって、ブルーノ・ベルモンドは救われた。

「まるでドラマの筋書きのようだ」

ブルーノの呟きが明かりの薄い部屋にこだまする。

「悪に堕ちるはずだった私は、主人公のような少年少女たちの叫びによって救われ、今安らかに最期を迎え入れようとしている」

誰かが望んだ理想の物語のようだ、とブルーノは俺を見ながら言う。

「ではこの脚本を誰が書いた？」

「脚本？」

俺はブルーノが語り出してから初めて相槌を打った。

「ドラマでも、映画でも、小説でも、なんでも構わない。ただ、時に傷つき、泣き、怒り、失い、それでも前を向くような、都合の良いことばかりではないものの、最後に苦くも確かに心に残るような、そんな物語の脚本を書いているのは、一体誰だ？」

ブルーノの乾いた両の目が、俺の顔を見つめる。

「私が長く生きてきたこの世界は、今よりも遥かに理不尽に満ちていたはずだった。それが一体いつ変わった？　これは誰の夢だ？　私たちは今、誰の物語を夢見ている？」

教えてくれ、とブルーノは大きく咳き込みながら俺に訊く。

痩せた身体を起き上がらせ、俺の肩にその手を置いて問いただす。

「私は、なにを忘れている？　世界は今、なにを忘れたまま何事もなかったかのように進行している？」

その質問に俺は答えを出せなかった。

知っていて答えないわけではない。《情報屋》ブルーノ・ベルモンドが知らないことを、ただの探偵助手である俺が知っているはずもなかった。

だからこそ俺は「そんな話を、なぜ俺に？」と逆に問い返した。そうするとブルーノは再び、昔のような穏やかな表情を取り返す。

「かつて、私のもとに君を救ってほしいと一人の少女が頼みに来た」

「少女？」

ブルーノは深く頷き、それからまたベッドに横になろうとする。俺は手を貸してブルーノの身体を支え、布団に寝かせた。

ブルーノは「彼女は言った」と過去を回想する。

「いつか少年Kはこの世界の中心軸をずらすシンギュラリティになると」

──少年K、それは俺のことだろうか。では彼女とは一体誰で、それはいつの話なのか。

俺はそれを訊いたがブルーノは微笑むばかりで答えてはくれなかった。

「もうすぐ春か」

代わりにブルーノはそう囁き、ベッドから窓の外を眺める。

まだ夜が明けていない空は暗く、外の景色は見えない。

「これまで長く生きてきたものの、実は日本の桜を見たことはなくてね」

それだけが少し惜しい、とブルーノは目を細めた。

桜の季節まではあと二ヶ月。その花が咲く頃には、ブルーノはもう――

「日本には花より団子っていう言葉がある」

俺がそう言うとブルーノは不思議そうな表情を浮かべる。

日本の諺（ことわざ）を知らない情報屋ではないだろう。だが俺が言いたいのは。

「俺たちはそんなに花自体は見ないんだ。それよりも誰と花を見て、誰と飯を食って、誰と語らうのか、大事なのはそっちだ」

「……ああ、その通りだ」

ブルーノは深く得心がいったように頷いた。

世界の知を納得させられるとは、なによりの光栄だろう。

「君は段々あの男に似てきたな」

「あの男？　誰のことだ？」

俺は首をかしげるも、ブルーノは答えない。ただ、それでも。

「君は忘れていないはずだ。あの男のことだけは」

ブルーノはそれだけは言い切り、後は口を閉ざす。語るべきことはすべて語り終えたのだ。だから俺もそれを聞き届けた上で腰を上げた。

「ノエルとまた、美味（うま）い飯でも食べるといい」

最後にそう言い残して俺はブルーノに背を向けた。

そして部屋のドアノブを捻る。

「ああ。そういえば、晩餐会はまだだったな」

ブルーノは苦笑を漏らした後、誰にともなく呟く。

「今宵はみなで食卓を囲もう。今日も世界は平和なのだから」


部屋の扉を静かに閉めて廊下に出ると、少し離れた場所に俯く人影が見えた。

ノエル・ド・ループワイズ――いまだドレスから着替えていない少女は、俺に気付くと顔を上げて少しだけ微笑んだ。

「聞こえてたか？　今の話」

「……すみません。でも距離があったので、あまり」

今さら彼女が盗み聞きをする道理もないだろう。

俺は「気にしなくていい」と首を振った。

「なんとなく気付いていていました」

数秒の沈黙の後、ノエルは口を開いた。

「おじい様の身体がよくないこと。本人は上手く隠しているつもりだったみたいですが」

「そうか。さすが家族だな」

俺が反射的にそう言うとノエルは少しだけ驚いた顔をして、その後薄く笑った。

「ええ、わたしはおじい様のことならなんでも知っているので」

それは自嘲を込めた台詞なのだろうとすぐに分かった。だけど。それが本当かどうか、俺には分からない。

「ブルーノは、自分のことを無知だったと言っていた。それが本当かどうか、俺には分からない。だからノエル、お前が教えてやるといい」

「……わたしが、おじい様に？」

「ああ。ブルーノが知らないことは多分、ノエルが知っている」

昨日、ブルーノとバーで話した時。彼は、シエスタが俺と喧嘩している姿を見て、名探偵があんな顔をするのかと驚いていた。しかし俺から言わせるとシエスタもブルーノも変わらない。正義の座についていた者でも、誰しも素の顔は存在する。そして、本人でも気付かないその顔を見せられる隣人が必ずいるのだ。

「だからブルーノに教えてやってくれ。あんたは《調律者》である前に、ごく普通の酒好きな、ちょっとだけ物知りなじいさんに過ぎないんだって」

それがきっとなによりの親孝行になるだろう。

俺は叶わなかったが、ノエルはまだ間に合う。

ノエルの肩をぽんと叩き、俺は背を向ける。別れの言葉は特にいらないだろう。

「わたしは間違えていたのでしょうか」

するとと背中越しにノエルがもう一度俺に問う。

「わたしはもっと早く、おじい様を止めるべきだったのでしょうか」

ブルーノ・ベルモンドに家族として寄り添ってきたノエルだったからこそ、勘づいていた事件の真相。それでも、なにを賭してでも叶えたい願いを優先させたのは後悔すべきことだったのか、そんな命題をノエルは俺に問う。

「どうだろうな。ノエルのことは、ノエルにしか分からない」

「……そうですよね、すみません。後悔も責任も、全部自分で引き受けます」

するとノエルはどこか淋しげに、しかし気丈な言葉を口にする。

冷たく突き放しているように聞こえてしまっただろうか。

「いつかその答えが出たら、また俺に教えてほしい」

俺はやはり振り返らずに彼女に言った。

「イエスかノー、そんな白黒つけた答えじゃなくてもいい。途中までの解答式でもいい。誤答でもいい。いつでもいいから、教えてほしい」

そして、その時は。

「立場も肩書きも関係なく、普通に一緒に遊ぼう」

腰に柔らかい衝撃が来る。

視線を下げると、ノエルが後ろから俺の腰に抱き着いていた。

「君彦様はまだ、本当のわたしを知りません」

涙の滲んだ声でノエルは叫ぶ。

「君彦様がずっとわたしを警戒していたように、わたしもまだ君彦様に本当のわたしを見せていません。……ずっと猫を被っていました。本当のわたしはすごく泣き虫で、わがままで、子どもっぽくて、独占欲も強くて、すごく、すごく面倒くさい性格なのです。それでも、そんなわたしとでも、また会ったら遊んでくれるのですか？」

「当たり前だ」

俺は振り返って、ノエルの涙を指で拭う。

「妹は手が掛かれば掛かるほど可愛いからな」

ノエルは一瞬きょとんとして、それから間もなくそのジョークにはにかんだ。

涙はまだ涸れていない。涸らす必要もない。

家族の前で我慢する必要のある涙などない。

俺はもう一度ノエルの肩をぽんと叩き「行ってこい」と伝えた。

ノエルは強く頷き、ブルーノのいる部屋へ向かった。

「行ってきます」

いつかそれに、おかえりと言える日も来るだろう。

【エピローグ】

日本に帰国した俺たちのもとにブルーノが亡くなったという報せが入ったのは、それから三日後のことだった。ノエルからの電話でそれを知り、ある程度覚悟していたこととは言え、しばらくは声も出なかった。

正義の椅子が一つ欠けた。

最期はノエルたちに見守られながら、静かに息を引き取ったという。その安らかな死がブルーノにとって最善だったのかどうかは、あの話を聞いていた身としては判断できない部分もある。

それでもノエルはその報告の電話で『おじい様は幸せだったと思います』と言っていた。俺よりも遥かに長くブルーノと共にいたノエルがそう言っている以上、俺はそれを信じようと思う。今や死者はなにも語らないのだから。

——と、俺はそんなことを夕暮れの街中で一人考えていた。

街中と言っても人の気配はまるでない。規制線が張られたこの地域は本来、人の立ち入りは認められていないが、考え事をするにはちょうどいい。

「まだ寒いな」

だが春と呼ぶには少し早い季節。俺はコートの襟を立てて風を防ぐ。

ノエルからの一報を聞いてからは、一週間が経っていた。

昼に起きて、大学は三限目の講義から顔を出し、サークルに入っていない俺は渚とそこで別れて、夕方にはアパートに帰り着く毎日。

探偵助手としての仕事はしばらくの間休みだった。

というのも、代表がどこかに行っているせいで事務所が開いていないのだ。メールをしても電話をしても一切返信を寄越さない。

当てもないまま探しに行こうかと、そう思っていたところで、今日ようやく返事が来た。なんでもふらっと海外に旅立っていたらしい。それならそれで報告なり連絡なり相談なりしてほしいものだが、七年前からそのスタンスは変わらないようだ。

「あれ、今日は休日出勤？」

と、ようやく馴染みのある声が背中越しに聞こえてきた。

「社長が休むとそのシワ寄せが従業員に来るんだよ。どこをほっつき歩いてた？」

「ちょっと出掛けてただけでしょ。あんまり束縛してると嫌われるよ？　君は私の彼氏じゃないんだから」

俺が振り返ると、軽口を飛ばすいつもの探偵の姿がそこにはあった。

「それにしても、どうしてここなの？」

シエスタはぐるりと周囲を見渡しながら、待ち合わせの指定場所に疑問を呈する。

見渡す限り緑で覆われたこの都市。かつて若者の街として栄えていた頃の面影はなく、今やファッションビルや飲食店はすべて植物に飲み込まれた。

それを象徴するのが、俺たちの背後で牙城のように聳え立つ大樹――ユグドラシル。

この樹は、俺やシエスタにとっての戦いの記憶。当時の《世界の敵》であった《原初の種》を封印した場所だ。そしてその後、シエスタが長い眠りに就いたのもこの大きな樹のそばだった。

「なんとなく、ここに来るべきな気がした」

俺はシエスタの問いに少し遅れてそう答える。

上手く言語化することはできない。だがここは俺たちにとって避けては通れない場所であり、過去や未来に向き合うのに適しているような気がした。

「そっか。それにしても、やっぱり持ってるんだね、その本」

シエスタは俺が小脇に抱えていた《原典》に気付く。

「ああ。結局、俺が肌身離さず持ってる方が安全だからな」

約十日前、俺たちの運命を大きく変えることになった《原典》。だがこの特別な力を持つこの本を、またいつ敵が奪いに来るとも限らない。もしもそんな事態が訪れそうになったら、俺は《原典》の力で未来を見てそれを防ぐつもりだった。しかし最後に《原典》が力を発揮してからというもの、この本が俺に未来の危機を知らせる兆候は見られない。

「まさか君があの時、未来を見ていただなんてね」

シエスタがフランスでの出来事を思い出して、呆れたように笑う。

「ああ、敵を騙すならまずは身内から。お前が前に言ったことだろ？」

俺がそう切り返すと、シエスタは珍しく負けを認めたように肩を竦めた。

「それで？　この一週間、君はなにをやってたの？」

するとシエスタは次に、事務所を空けていた間の俺の行動を訊いてきた。仕事は休みだったはずだが、俺が自主的になにか行動をしていたはずだと確信しているようだった。

「週末、渚と一緒に刑務所に行ってた。そこで分かったことだが、風靡さんが脱獄した」

正確に言えば、脱獄していた。

「十日前ぐらいに？」

なにかを察したシエスタがそう訊いてくる。

「ああ。ちょうど俺たちがフランスに行っていた時と同じタイミングだ」

それが偶然であるはずもない。事の起こりはさらにその二週間前、あの刑務所襲撃事件だった。蛇腹剣を持った男が風靡さんの収監されている刑務所を襲ったことで、警備システムに重大な損害が生じたという。

そのため風靡さんは別の刑務所に移送されることになったのだが……その途中で、風靡さんを乗せた護送車がガスマスクを被った男たちに襲撃されたという。そうして加瀬風靡は忽然と姿を消した。

「加瀬風靡は、《情報屋》から脱獄の手引きを受けていたということ？」

シエスタが口にしたその仮説に俺も頷く。すべてはあの刑務所襲撃事件から。あれはシエスタを《名探偵》に戻すためだけでなく、《暗殺者》を脱獄させるための布石にもなっていた。ではなぜブルーノは風靡さんの脱獄に手を貸したのか。

「彼女もブルーノ・ベルモンドの同志だった」

シエスタは橙色に染まる空を見上げながら呟く。

「《黒服》もそうだったように、ブルーノさんは自分と同じ考えを……同じ危機感を抱く者を仲間にして、なにかを成し遂げようとしていた」

ああ、それがあの式典で起きた一連の事件。ブルーノを筆頭にしてそれに協力する者たちが《未踏の聖域》の使者を騙り、世界に対して牙を剥いた。

そして、今思えば。ブルーノたちは《連邦政府》に対して解析不可能のアクセスを仕掛けていたというが、それを行っていたのは《発明家》スティーブンだったのではないだろうか。恐らくあの男は他にもブルーノの計画に必要な技術や発明品を提供していた。

たとえば刑務所の襲撃で使われたあの奇妙な武器、あるいは恐らくカラスマスクが装着していたと思われる光学迷彩のローブ。今思い返すと《発明家》の影は至るところに潜んでいた。

「それで、シエスタの方はどうだったんだ？」

今度は俺が彼女の収穫を尋ねる。一週間もの間、事務所を空けてどこへ行っていたのか。

「世界旅行」

簡単に言ってくれるな。

「ちょっと気になることがあってね。色々と世界を見てきた」

「なぜ俺を連れて行かなかった？」

「君は大学があるでしょ」

どこへでも連れて行く約束はどうした、という言葉は、今は飲み込んでおく。

「この一年、あっという間だったね」

するとシエスタは旅の成果は語らず、代わりに思い出話を口にする。

「私が目覚めた日、君とシャルは泣いて抱きついてきて」

「泣いてはいないだろ、俺は」

「私が探偵事務所を構えたらなにも言ってないのに当たり前のように君が働き出して」

「自主性を伸ばしていこうって昔お前に言われたからな」

「それからは渚と一緒に三人で働いて、遊んで、遊んで、遊んで」

「ちょっとばかし遊びの割合が多いか？」

俺が突っ込むと、シエスタは思わずといった感じで破顔する。

「きっとこれが私と君に共通する記憶。だけど、私たちはこれまでの人生で一つ、学んだことがある」

次にシエスタがなにを言おうとしているか、なんとなく分かる気がした。

「人の記憶は決して当てにならないということ」

ああ、その通りだ。俺はかつて《ベテルギウス》という化け物の花粉によって大事な記憶を失っていた。そして古くはシエスタや渚もまた《SPES》の手によって記憶の一部を奪われていたという。俺たちはその経験を通して、いかに人間の記憶が脆いかということを知っている。それに。

「ブルーノも似たことを言っていた。自分を疑えと、無知の知を悟れと」

だから、つまりは。

「俺たちは今なにかを忘れている?」

――もしくは。

「世界がなにかを忘れているのか」

だとしたらいつずれたのか、史実と記憶が。

一体なにが嘘で、なにが現実なのか。

信じていたものが急に根底から覆された気がして、足下がふらつく。

「夢じゃないよな？」

お前がここにいることは。

「白昼夢なんかじゃないよな？」

あの日シエスタが目覚めたことは。


俺はいつか見たヘルの夢を思い出す。

夜の屋上で彼女は言っていた。

『随分、都合のいい夢を見ているんだね』

あれはその時見ていた夢の話じゃなかったのか？

じゃあ俺が本当に見ている夢の正体は――

「いるよ」

後ろから柔らかい衝突が俺を襲う。

「私はちゃんと、ここにいる」

シエスタの両腕が背中から腹部に回され、その熱が身体全部に伝わってくる。

嘘なんかじゃない。夢なんかじゃない。七年前に出会って、それから何度も別れを繰り返して、それでも今度こそもう一度出会い直せた最愛の相棒がそこにいた。

「私が偽物だと思う？」

「思わない」

「これが夢だと思う？」

「疑って悪かった」

「じゃあ私に今、恋人みたいに抱き締められてることは夢みたいに思う？」

「今、確信した。そういういじりができるのはシエスタ、お前しかいない」

俺たちは互いに笑い合って、ようやく腕を解いた。

一番の不安は今消えた。それでも整理すべきこと、考えなければならないことは山ほどある。俺は大きく深呼吸をしてから、

「なあ、シエスタ。お前は、本当は一年前どうやって目覚めた——」

そう、未来へ向けた話し合いをしようとした時だった。

一陣の風が吹いた。風の音と、木の葉が揺れる音。

俺とシエスタはどちらからともなく空を見上げる。視界に映るのは大きな樹。夕焼け色に染まる空に目掛けて、どこまでも高く、高く伸びる樹だった。

「大丈夫だよ」

シエスタがぽつりと漏らす。

「私たちにはユグドラシルがある」

かつて俺たちが戦った最大の敵、《原初の種》。だがその後の姿とでも言うべきこのユグドラシルは、俺たちの住む地球に大きな恩恵をもたらした。

ユグドラシルの《種子》は風に乗って世界中に運ばれる。最初は危険性が論じられていたものの、後の研究によりそれらには、放射性物質の影響や大気汚染により生物が住めなくなった土壌や空気を再生・回復する効果があることが分かった。一度は枯れた大地に緑が……生命が宿ったのだ。

「今回巡ってきた紛争の跡地も、今はこうなってたよ」

するとシエスタは、一人で遠征してきたという旅の様子を俺に写真で見せてくる。戦火で荒れ果て百年は草木も生えないと言われていたその土地には、もう新しい植物が芽吹いており、崩れかけた建物を支えるように蔓が巻いている。

「ああ、今じゃもうユグドラシルの息吹を感じない場所の方が珍しい」

日本でもそうだ。国内一背の高い、青い電波塔もユグドラシルとほぼ一体化した。斎川がライブしていた国立競技場も植物に覆われ始めており、もうすぐ利用できなくなるだろう。またこの前パリで体験したセーヌ川のクルージングツアーも、歴史的建造物がユグドラシルと一体化し次第終了するという。だがそれも仕方ないことだ。

「これも世界の意思だから」

シエスタが、赤い空に向かって伸びるユグドラシルを見上げながら言う。

ああ、そうだ。地球を守るためだ。父なる大地を生かすため、そのために人類が文明を我慢することは致し方ない。それが平和だ。俺たちが辿り着いた幸せな結末だ。

「…………」

再び風が吹く。冬の冷たい風は、なぜだか妙に生暖かい気がした。

「なあ、シエスタ」

呼びかけるとシエスタは首を少し傾けて続きを促す。

「もしもこのまま地球が全部、植物だけになったらどうなるんだろうな」

たとえ地球が汚染から救われ綺麗になったとしても、この都市のようにユグドラシルとその種子で覆われてしまったら、俺たち人類はどうなるのだろうか？　このまま住む場所がなくなったりすることはないのだろうか？

「なに言ってるの、助手」

するとシエスタは俺のそんな疑問を一笑に付す。

そうだ、俺の杞憂はいつも彼女が風のように吹き飛ばしてくれる。

だから俺は安心して、今日もバカを言えるのだ。

「そのためにあるんでしょ——《××》が」

シエスタがなにかを言った。
間違いない、口は動いていたのだから。
だが上手く聞き取れない。またしても吹いた突風のせいだろうか。
そう思い、俺がもう一度訊き直そうとすると、シエスタは首を捻っていた。
まるで今、自分自身もなにを言ったか分からなかったかのように。
「──助手」
「──ああ」
しばらくの沈黙の後、俺たちは頷き合った。
特別な言葉はいらない。今、向いている方向はきっと同じはずだった。
探偵はもう、死んでいる。
だけどその遺志は、決して死なない。
だから、エピローグにはまだ早い。
──そして。
今また、探偵は生き返った。
ゆえに俺たちの冒険譚は続く。
これは、今までの物語をすべて覆す第二幕。

【Re:birth】

◆Side Charlotte

「顔をお上げなさい、シャーロット」

そう言われた瞬間、暗闇の視界に光が差し込んだ。

――眩しい。一体何時間、いや、何十時間、目隠しをされていたのか。

眠りさえしなければ体内時計で判断できたことも、薬を盛られてはどうにもしようがない。気付けばワタシは手足を縛られ、固い床に膝をつかされていた。

「シャーロット・有坂・アンダーソン。私の声が聞こえますか？」

聞こえている。聞こえた上で無視しているのだ。その声を知っているから。

それからようやく視界が光に慣れてくる。

白く広い空間に七脚の椅子。そこには仮面を被った白装束の人間が七人座っていた。今喋っていたのはその中央にいた女だろう。ここは一体どこなのか。そして。

「一体ワタシになんの用？　アイスドール」

ワタシは《連邦政府》高官のコードネームを口にする。ここにいるのも全員、政府の高官あるいはそれに準ずる者たちだろう。

——数日前。ワタシは《聖還の儀》に参加する代わりに、ある人物のことを追っていた。もちろん儀式のことも大きな気がかりではあったけれど、でも脅威はきっとそれだけではない。あの人から目を離してはいけない。そう思ったワタシは彼女——加瀬風靡(かせふうび)の行方を追っていた。そうしてワタシは遂(つい)にある情報を掴(つか)んで……気が付いた時には、今ここにいるアイスドールたちに捕まっていた。

「さすがですね。《聖還の儀》という餌にあなたはそう易々と飛びつかなかった」

アイスドールは仮面の顔をワタシに向ける。

キミヅカからメールで受けていた報告によれば、《聖還の儀》で元《情報屋》ブルーノ・ベルモンドが《連邦政府》に反旗を翻したという。けれど当の高官たちは現場におらず、どこかへ逃げていたらしい。……まさか。

「アナタたちは最初からブルーノ・ベルモンドの叛逆(はんぎゃく)を見抜いてここにいた？」

一瞬の沈黙があった。

「シャーロット・有坂・アンダーソン。あなたの優秀さは聞き及んでいます」

けれどアイスドールはワタシの問いには答えず、自分勝手に語り出す。

「あなたの両親は軍人として一つの組織に留(とど)まることはなく、己の正義に従って様々な場を渡り歩いてきた。そしてそんな両親の背中を追ってエージェントとして活動していたのがあなたです」

だからなんだというのか。どういう意図でアイスドールがワタシにそんなお喋りを仕掛けてくるのか、狙いが分からない。

「しかし、あなたはすぐにそんな両親の背中を見失う。すると次に目標としたのが時の《名探偵》。けれどそんな彼女がいなくなると今度は《暗殺者》に師事した。そしてまた次に誰かの背中を追う。そうやってあなたはずっと誰かの影を追って、新しい居場所を探して、まるでヤドカリのように生きてきた」

「なんの挑発？」

ワタシは思わずアイスドールを睨む。

せめてあの仮面だけでもひっぺがしてやることはできないだろうか。

「ですから、あなたのことを賞賛しているのですよ。あなたは臨機応変に正義の形を変えられる。常に移ろいゆくこの世界で為政者にとって大切なのは、凝り固まった信念ではなく柔軟な判断です。あなたの移ろう正義はまさしくそれに適しています」

……今度はすぐに言い返せなかった。それはきっとワタシにも自覚があったから。自分の正義に自信が持てない。だからかつてのワタシは両親の、名探偵の、暗殺者の、彼女たちの正義を信仰した。ワタシはそうすることでしか生きられなかったのだ。

「なんてね。そういうのはもう終わった話」

そんな悩みなら、何年も前に解決してしまった。「理不尽だ」なんて言葉が口癖の少年とその仲間に助けられて、ワタシは変わった。今さらそんな挑発では揺らがない。

「もう一度訊くわ、一体ワタシになんの用？」

「《情報屋》が彼なりの目的を遂行したように、我々の計画にも大きな進捗がありました」

するとアイスドールは再びその話を持ち出してくる。

「具体的には《連邦政府》にとっての敵が判明しました。《発明家》、《名優》、《革命家》、《黒服》、そして《暗殺者》。彼らはみなブルーノ・ベルモンドによって《虚空暦録》の記憶を取り戻した可能性があります」

アカシックレコード？　なんのことを言っている？

「それには適切な対処が必要です。優秀なあなたにはその手伝いをしていただきたい」

……まさかエージェントのワタシに彼らを殺せというのだろうか。さすがに買い被り過ぎだ。いくらワタシでも《調律者》に正面切って戦いを挑むほど蛮勇ではない。けれど。

「その発言は実質認めたようなものよね？　今回の《聖還の儀》は、《連邦政府》に対する裏切り者をあぶり出すための舞台だった。そういうことでしょ？」

ブルーノ・ベルモンドを含めた反逆者を捕えようと《連邦政府》は画策していたのだ。

「別に《聖還の儀》自体は、つつがなく進行してくれても良かったのですよ。《調律者》に勇退してもらいたかったのは事実ですので」

それはつまり《調律者》を世界から遠のけたかったということ？　なんのために？

「とはいえ今回、我々の懸念する《特定脅威》の内の一人、知の王は実に自然なシナリオによって去った。痛み分けとしては十分です」

「……アナタたちは一体なにを始めるつもりなの？」

「始めるのではありません、すでに終わっているのです」

さっきから話が噛み合わない。ワタシは小さく頭を振る。

「次の質問よ、アイスドール。ここはどこ？」

答えなければ喉元を掻き切る、と。ワタシはそう世界を統べる一人に告げる。

「それがアナタの望む移ろう正義とやらでしょう？」

ワタシが言うとアイスドールは仮面の下で薄く笑った。そんな気がした。

「あなたもてっきり気付いていると思っていたのですが」

そうしてアイスドールはようやく、ワタシたちが今いる現在地を答える。

「ここはミゾエフ国ですよ」

ミゾエフ連邦国家。地球の遥か南に位置する大国……いや、大陸そのもの。国連に加盟するほぼすべての国と国交を結んでおらず実質的な鎖国状態にあるものの、その独立性ゆえに各国の緩衝地帯としての役割を果たし、長きにわたって世界平和に大きな貢献をもたらしている。――そう多くの人は思っている。

「へえ、まさかミゾエフ国が実在するなんてね」

　ワタシがそう言うと、アイスドールは仮面の下で目を細めた。今度は確信があった。

「世間ではミゾエフを、人口も国土面積も世界最大の連邦国家だと思っている人も多い。姿の見えない影の大国、世界平和の功労国。数々の大戦を未然に防いできたのも、ミゾエフ連邦だと。でも本当は違う」

　そこまで一気に話して、なぜか急に胸が苦しくなった。そういえばさっきから肺の辺りが少し痛む。それでもこれだけは言い切らなければ。

「ミゾエフ連邦はただの仮想国家。この世界のどこにもそんな大国は存在しない」

　要するにミゾエフ連邦とは、国際的な諸問題を手早く解決するために存在する体の良い概念。国家間の裏取引、国民の知るところではない条約、そういったものを成り立たせるために必要なのが絶対的な支配力を持つ国家だった。

　ミゾエフが判断したことであるならば仕方ない——人類にそう思わせるだけの国力を持つ仮想国家を打ち立てることこそが、世界をつつがなく運営するたった一つの冴えたやり方だった。

「ありますよ、ミゾエフ国は」

　けれどアイスドールは淡々と言い切った。

「ほら、ここに」

そして次の瞬間、アイスドールの背後にあったスクリーンに光が当たる。そこに映っていたのは、上空からドローンで撮影したような景色。一面が氷の大地だった。

「ここが今、ワタシたちのいる場所?」

つまりこの肺の痛さは寒さによるもの。そう気付いた途端、身体も寒さを覚え始める。

「これでも昔に比べて、随分と住みやすくなった方ですよ」

すると画面が切り替わり、同じような空撮からある一点にぐっと景色が寄っていく。氷に浮かんだ氷の大地に植物が生えている。そしてカットが切り替わると、今度は明らかに人工物である宮殿のような建物。ワタシたちは今ここにいる……?

「……ここが、自称ミゾエフ国だと?」

到底、多くの人が住める環境だとは思えない。

「ええ、昔は南極大陸と呼ぶ人もいました」

アイスドールが後ろを振り向き、スクリーンの映像を眺める。そこには氷の大地に咲く一輪の花が映っていた。

「あなた方のおかげですよ」

なにか、決定的なことを言われる予感があった。

「ユグドラシルの種子は、この最果ての地にまで生命を宿してくれたのですから」

なぜだか分からない。だけど、どうしようもない悪寒が背中を奔った。

ワタシたちはなにか取り返しのつかない間違いを犯したのではないか、と。

「慣れない土地では寒いでしょう。なにか羽織るものを」

アイスドールがそう指示を出す。直後、背後に人影を感じる。

「っ、いらない！」

ワタシは腕を背後に縛られたまま、膝を引きずってアイスドールに少しでも近づく。

「アナタたちの目的はなに……！　どうしてワタシをここへ連れて来た……！」

アイスドールは動じない。氷の彫刻のように、人形のように一歩も動かない。

代わりにワタシの背後にいた人影が、再びコートを羽織らせようとしてくる。

「……っ、だから！」

ワタシは思わず振り返り、そして目の前にいた人物を見て頭が真っ白になる。

装束を着た彼が仮面を取ったその顔は、他の誰と見間違えることはない。

ワタシの父親だった。

「シャーロット。《連邦政府》に来なさい」

移ろう正義に、右手が差し出される。

「我々と共に《箱船》に乗り、向かうのだ。聖域へと」

◆Side Mia

「ミア様、これは……」

目的地につき、ヘリコプターから降り立ったオリビアと私は、目の前の光景に思わず呆然と立ち尽くした。そこは、ユグドラシルの種子による植物が生い茂る都市。すでに人類が撤退したこの場所にはもう文明と呼べるものは存在していない。

「これなのですか、ミア様がずっと夢で見ていたという景色は」

そう、それは最近私がよく見る夢の一つ。

どこか広大な密林のような場所で、私はある巨大なモニュメントを見つけるのだ。私はいつもそれに大いなる災厄の意思を感じ、滝のような汗を掻いて目覚める。

一年前、《大災厄》を経て未来視の能力を失ってなお、定期的に見る奇妙な夢の数々。《原典》の夢もその一つだった。そして今回のこれも――

「これよ。私の夢にずっと出てきていたのは」

私は、自分の身長の何倍もあるモニュメントを見上げる。

それはとても大きな、大きな、古びた時計だった。

この朽ちかけた巨大な時計が具体的になんなのかは分からない。

でもなぜかこれの名前だけは知っている。


「《終末時計》」


針は間もなく終わりの十二時を指すところだった。

「やはり世界の危機は、まだ去っていないのですか」

オリビアは現実を受け入れられないかのように瞳を揺らす。

私もそう信じていた。

いや、私だけじゃない。きっとセンパイも、かつての英雄たちも、みんな。

「もしかしたら、私たちはなにか大切なことを忘れているのかもしれない」

私は今一度、一年前の《大災厄》を思い出す。

いや、事の始まりはもう少し前——一体どこから？

「まずはあの日」

私は、世界がおかしくなり始めたあの日のことから思い出す。

そう、人類に仇（あだ）なす吸血鬼の反乱が起きたあの日のことから。

MF文庫J

探偵はもう、死んでいる。7

2022年8月25日　初版発行

著者　二語十

発行者　青柳昌行

発行　株式会社 KADOKAWA
〒102-8177 東京都千代田区富士見 2-13-3
0570-002-301（ナビダイヤル）

印刷　株式会社広済堂ネクスト

製本　株式会社広済堂ネクスト

Printed in Japan　ISBN 978-4-04-681657-3 C0193

◇◇◇

この作品は、法律・法令に反する行為を容認・推奨するものではありません。

【 ファンレター、作品のご感想をお待ちしています 】
〒102-0071 東京都千代田区富士見2-13-12
株式会社KADOKAWA　MF文庫J編集部気付「二語十先生」係「うみぼうず先生」係